訳文庫

ポールとヴィルジニー

ベルナルダン・ド・サン=ピエール

鈴木雅生訳

kobunsha
classics

光文社

Title : PAUL ET VIRGINIE
1788
Author : Jacques-Henri Bernardin de Saint-Pierre

目次

ポール・ルイ
墳墓湾
ポールとヴィルジニーの
家があるあたり
照星島
不幸岬
見張山
パンプルムス地区
長尾根
親指岩
プードル・ドール地区
琥珀島
ウィリアムズ
地区
ラシパール川
フラック地区
フランス島
インド洋マダガスカル沖にある
フランス島は現在ではモーリシャス島
(モーリシャス共和国)として
知られている。ポール・ルイは
現在では首都となり、英語読みで
ポート・ルイスと呼ばれる。

N
トロワ・マメル山
ノワール川
アラビア半島
インド
アラビア海
アフリカ
フランス島
(モーリシャス島)
マダガスカル
インド洋
May / tomomodesign, inc.

ポールとヴィルジニー

インド洋に浮かぶ絶海の孤島、フランス島。[1] 海港ポール・ルイの町の東に位置する山並みのさらに東には、三方を岩山に囲まれた盆地がある。外へ開かれているのは北側だけだ。この唯一の開口部に立って海の方を向くと、左手に見えるのは見張山《モルヌ・ド・ラ・デクベルト》と呼ばれる小高い丘。島に近づく船舶があると、そこからポール・ルイの町に合図を送るのだ。右手にはパンプルムス地区へとつづく街道が延びている。こ

1　現在のモーリシャス島。マダガスカル島の東方約九〇〇キロ、インド洋のマスカレン諸島の島のひとつ。一七世紀初頭にオランダが植民を開始したがまもなく放棄し、一七一五年にフランス領となって「フランス島」と名づけられた。インド洋の覇権をかけた英仏の抗争の末一八一四年にイギリス領モーリシャスとなり、第二次大戦後の一九六八年には英連邦王国として独立した。一九九二年からは共和制の「モーリシャス共和国」となっている。

の道をずっと行くと、広い平地の真ん中に竹林があらわれ、そこを抜けるとパンプルムスの名を冠した教会にたどり着く。その先は島のはずれまで一面の森だ。視線を戻して正面をのぞめば墳墓湾《トンボー》が広がり、少し右には不幸岬《マルールー》が突き出している。その彼方は見渡すかぎりの大海原。波間に点々と浮かぶ無人の小島のなかでひときわ目を引くのが、その形から照星島《コワン・ド・ミール》と呼ばれる岩礁《がんしょう》、砦《とりで》のようにうずくまるその岩に波が白く砕けている。

この盆地の開口部からは、陸地の景観と碧海の景観の両方が見渡せる。ここに立つと、近くの森にざわめく風の音、遠くの暗礁に砕ける波の響き、その音と響きが背後の岩山にこだまして、休みなく聞こえてくる。だが、少し足を延ばして盆地のなかほどまで登り、耕作地の名残《なごり》とふたつの小屋の残骸があるあたりにやってくるだけで、もう何の物音もしない。目に入るのは、城壁のように切り立った岩山だけだ。灌木《かんぼく》の茂みが、その岩山のふもとからごつごつとした中腹、そして雲のかかる頂《いただき》まで、そこかしこにある。険しい峰々に降った雨は、むき出しの岩肌と灌木が織りなす茶褐色と翠緑色の絶壁に七色にきらめく虹をかけ、山のふもとにこんこんと湧き出る清水となり、ラタニア川のささやかな流れを作る。岩山に囲まれ外界から隔絶されたこの盆地では、空気も水も光も、何もかもが穏やかで、深い静けさに包まれている。岩山の上の平坦部には、椰子《ヤシ》の木立が細長い葉を風に揺らしているのが見えるが、その葉擦《はず》れの音はほとんど聞こえない。この盆地はすみずみまでやわらかい光に浸《ひた》されている。真昼時《まひるどき》にならないと、太陽の強い日差しに照りつけられることはないのだ。夜明けには周囲の岩山は陽光を浴びて輝き、ひときわ高い峰が、黄金と深紅の姿で紺碧の空に浮かびあがる。

わたしは好んでこの盆地を訪れては、広大な眺望と深い静寂とを味わっていた。そんなある日のこと、いつものように小屋の傍らに腰を下ろし、その荒れはてた姿を眺めていると、ひとりの老人が近くを通りかかった。古くからこの土地に住んでいる人の例にもれず、短い上衣《うわぎ》と踝《くるぶし》丈《たけ》のゆったりとしたズボンという出で立ちだ。黒檀《コクタン》の杖をつきながら裸足《はだし》で歩く老人の髪は真っ白で、その顔つきは素朴で品がある。わたしは丁寧に挨拶をした。老人は会釈《えしゃく》を返すと、少しのあいだこちらを見つめていたが、やがて近づいてきてそばに腰を下ろした。老人が打ちとけた様子を示してくれたことに力を得て、わたしは話しかけてみた。

「この小屋ですけど、住んでいたのはどんな人なんでしょう。ご存じですか？」

老人は答えて言った。

「この家も、この土地も、今ではすっかり見る影もなく荒れはててしまった。だが、二〇年ばかり前には二組の家族がここで暮らしていたのだ。それも幸福に包まれて。それなのに、なんともあわれな話だ……。まあ、インド航路の途中に立ち寄るだけのこの島、お若いあんたのようなヨーロッパの方には、ここで名もない人間がたどった運命など、興味もあるまい。幸福だとはいっても、貧しいうえに人に知られずこんな島で暮らす、そんな生活にいったい誰が関心を持つというのか。世の人が知りたがるのは、権勢家だとか国王だとかの話ばかり。そんな話は誰の役にも立ちはしないというのに」

「あなたの物腰からも、お言葉からも、深い人生経験をお持ちで、豊かな知恵を備えた方とわかります。もしお急ぎでなければ、ここに暮らしていた人たちのことを詳しく話していただけませんか。たとえ世間にはびこる歪んだものの見方に毒されたわたしのような人間でも、自然のふところに抱かれ美徳に満ちた生活の幸福について聞かせてほしいのです」

するとと老人は、記憶をたどろうとするようにしばらく両手で額《ひたい》をおさえていたが、やがて次のようなことを語りはじめた。

＊　＊　＊

一七二六年のこと、ノルマンディー生まれの男がこの島にやってきた。ラ・トゥールという姓の青年だった。フランスで官職に就こうとしたがうまくいかず、親戚に援助を求めたが断られて、最後の賭けに出るつもりで遠いこの島に渡ることにしたという。青年はひとりではなかった。深い愛情で結ばれた若妻と一緒だった。同郷の由緒ある裕福な家柄の娘だったが、正式な手続きも踏まず、持参金もなしで結婚していた。青年が貴族の出ではないという理由で、娘の両親に結婚を認めてもらえなかったからだ。

島に着いた青年は、新妻をポール・ルイの町に残して、船でマダガスカルへと向かった。そこで黒人奴隷を何人か手に入れたらすぐに戻ってきて、このフランス島で農園を経営しようというのだ。だが、マダガスカルに着いた時期が悪かった。一〇月半ばからは苛酷な季節になる。青年は流行《はやり》の熱病に罹《かか》ってあえなく死んでしまった。

マダガスカルでは、一年の半分はこの病が猛威をふるうのだ。そのためにヨーロッパの国々は、今でもあの地への入植がなかなかうまくいっていない。

青年が持っていた財産は、いつしか四散してしまった。異郷で客死《かくし》したときはこうなるのが常だ。フランス島で夫の帰りを待っていた新妻は、身重《みおも》の体で未亡人となり、寄る辺《よるべ》も頼りもない土地に放り出されることになった。残されたのは、身の回りの世話をしてくれる黒人女ひとりだけ。夫と定めた最愛の人がこの世にいなくなってしまったからには、もう他の男の世話になどならない。ラ・トゥール夫人は悲しみの淵から自らをふるいたたせ、黒人女とふたりでどこかささやかな土地を耕して、つつましく生きていこうと心に決めた。

当時はまだこの島に住む人も少なく、どこでも望む土地が手に入った。しかし夫人は、農業に適した土地にも、商業に便利な土地にも目を向けようとはしなかった。探していたのは、人知れずひっそりと暮らせるような山あいの静かな場所。町を離れてこの岩山のふもとへやってきた夫人は、ここに身をひそめることにした。それは巣穴にこもるようなものだった。心に悲しみを抱えた傷つきやすい人は、できるだけひとけのないさびしい土地へと逃れるものだ。そそり立つ岩山が不幸をさえぎる砦となるような気がする。静けさに包まれた自然が傷ついた心を癒やしてくれるような気がする。ラ・トゥール夫人は、人里離れたこの地でつつましく暮らすことができるだけで充分だった。だが神は、ささやかなもののほかに何も求めることのない者には必ず手をさしのべてくれる。ラ・トゥール夫人にさずけられたのは、どんなに富を積んでも、どんなに力に訴えても決して手に入れることのできないものだった。それは心を許せる友人だ。

ラ・トゥール夫人がやってくる一年前から、ここにはひとりの住人がいた。快活で気立てがよく思いやりの深い女性で、名をマルグリットといった。生まれはブルターニュの農家、質素な暮らしだが家族の愛情に包まれて育ち、何事もなければつつましいながら幸せな生涯を送ることもできただろう。しかし、近くに住む貴族の甘い口説《くど》き文句を信じて、軽々しく身を任せてしまったのが間違いだった。相手は結婚すると誓っておきながら、娘をもてあそんだ挙げ句にあっさりと捨てた。娘のお腹に宿った自分の子どもの面倒をみることさえ拒《こば》んだ。マルグリットは生まれ育ったふるさとの村に別れを告げ、遠く離れた植民地へ渡ることにした。実直ばかりがとりえの貧しい娘にとっては、身持ちがいいという評判だけが唯一の持参金となる。それを台なしにしてしまったからには、自分の過《あやま》ちが人に知られていない土地へ行くしかなかったのだ。人から借りたわずかの金で年寄りの黒人を手に入れたマルグリットは、ふたりで力を合わせながら、このあたりを耕して暮らしていた。

ラ・トゥール夫人が黒人女を連れてここにやってきたとき、マルグリットは幼な子に乳を含ませているところだった。自分と同じような境遇の女性がいる。夫人は思いがけない出会いに喜び、過去の身の上、現在の困窮を手短に語った。話を聞いたマルグリットは心から同情し、かつて自分が犯した過ちを包み隠さず打ち明けた。軽蔑されるかもしれないという懸念よりも、夫人に信頼してもらいたいという思いの方がずっと強かったのだ。

「だってわたしの場合は自分のせいなんだもの。でもあなたは違うわ。何の罪もないのにこんなつらい目にあって……」

そしてマルグリットは涙を流しながら、この小屋で一緒に仲よく暮らそうと夫人に言った。夫人はこれほどのやさしい心づかいに胸がいっぱいになり、相手を抱きしめた。

「ああ、この苦しい日々もようやく終わります。見ず知らずのわたしにこんなにやさ

しくしてくださるのも、神さまの思《おぼ》し召《め》しなんですね。実の家族からだって、今まで一度もこんなに親切にしてもらったことはありません」

私はマルグリットとかねてからの知り合いだった。私の住まいはここから六キロほど離れていて、長尾根《モンターニュ・ロング》を越えた森のなかにある。それでもお互い隣同士と思っていた。ヨーロッパの町であれば、通りひとつ、壁一枚隔てているだけで、身内であっても何年も顔を合わさないことがある。だが新しく拓《ひら》かれた植民地では、あいだに森や山があっても気に留めず、近所づきあいをするのだ。とくにあの時分は、まだこの島とインドとの交易もほとんどなく、ご近所さんというだけでもう親しい友人となるには充分だったし、袖《そで》振り合うも多生《たしょう》の縁、よそからやってきた人をあたたかくもてなすことが義務とも喜びともなっていた。私はマルグリットに友人ができたと聞くと、なにかふたりの力になろうと、すぐに会いにいった。はじめて会ったラ・トゥール夫人は、憂《うれ》いのなかに気品をたたえ、一目で人の心を惹きつける顔立ちの人だった。そのときはもう臨月間近だった。

私はふたりに、二〇アルパン[2]ほどの広さがあるこの盆地を分けておいた方がいい、とすすめた。そうすればそれぞれの子どものためにもなり、何よりも他の人がこの地に住みつくのを防ぐことができる。ふたりから区割りを任せられたので、私は同じくらいの広さになるように土地を分けた。一方はこの盆地の上の方、雲のかかったあの岩山の頂――このラタニア川の源はあそこだ――から、向こうの山頂近くに見えるあの岩穴まで。あれは《砲眼《アンブラジュール》》と呼ばれているが、形が大砲を据える穴に似ているためだ。こちらの区画の奥の方は、岩ばかりのうえ涸れ沢がいたるところにあり、ほとんどまともに歩くことができない。けれどもあちこちに清水が湧き出して小川となっており、大木が何本も生えている。

もう一方の土地は、ラタニア川に沿った下の方、今われわれがいる盆地の出口まで。そこから先、川はふたつの丘のあいだを流れて海へと注いでいく。こちらの区画には、ご覧のように草地や平地もある。しかしもう一方と比べていいわけではない。水はけが悪く雨季には沼のようになってしまうかと思えば、乾季には鉛《なまり》のように固くなり、溝を掘るには斧《おの》を持ち出して大地を切り開かなければならないほどなのだ。区割りがすむと、ふたりにくじを引かせた。上の区画はラ・トゥール夫人、下はマ

2 フランスの古い面積単位。地方によって異なり、一アルパンは現在の二〇～五〇アールに相当。

ルグリット、どちらも自分の土地に満足だった。しかし土地はふたつに分けたものの、住居は別々にしないようにとのこと。「いつも顔を合わせて、話をしたり、助け合ったりしたいから」というのだ。けれども、お互いひとりになりたいときにはそうなれる方がいい。幸いマルグリットの小屋は盆地の中央、ふたつの区画の境目にあったので、それと並ぶようにしてラ・トゥール夫人の土地にもう一軒の小屋を建てることにした。これでふたりは、互いに自分の土地に住みながら、隣り合って暮らすことができるようになる。私は自分の手で山から木を伐り出し、海岸で取ってきた椰子の葉で屋根を葺《ふ》き、ここにあるふたつの小屋を建てた。今となってはもう扉も屋根も失われてしまったが、私の心にはまだありありと見えている。どんなに栄華を誇った大帝国の記憶も、非情な時の流れのなかでまたたくまに風化していく。だがこの僻地に咲いた友情の記憶は時を経ても色褪せることはなく、私は命あるかぎり哀惜の思いに身を苛《さいな》まれるにちがいない。

ふたつ目の小屋ができあがるころ、ラ・トゥール夫人は女の子を産んだ。マルグリットが男の子を産んだときには、私が名付け親となってポールという名をつけたが、ラ・トゥール夫人も私に、マルグリットとふたりで娘の名付け親になってほしい、と頼んだ。マルグリットがつけた名前はヴィルジニー。[3] そしてこう言った。「この子はきっと名前のとおり清らかで身持ちの正しい娘になるわ。そして幸せになる。わたしは道を踏み外してしまったから、不幸を知ることになったけど」

夫人が産褥を離れるころには、ふたつの小さな農園もいくらかの収穫をもたらすようになってきた。私も時々野良仕事の手伝いをしたが、何よりもふたりの黒人の働きが大きかった。マルグリットに仕えていたのはドマングといい、ウォロフ族の男で、だいぶ年はいっているが、まだまだ充分たくましい身体《からだ》をしていた。経験豊富なうえ思慮分別があり、両方の地所を区別せずに地味《ちみ》の肥えていそうな土地を耕しては、そこにもっとも適した作物の種を蒔《ま》いた。ふつうの土地には黍《キビ》やトウモロコシ、良い土地には小麦を少々、湿地には稲。岩があればそのそばにカボチャやキュウリを植え、蔓《つる》を岩に這《は》わせる。乾いた土地には甘藷《カンショ》。そういった土地だと甘みが増すのだ。高台

3　ラテン語で「処女の」を意味する語 virginis に由来する女性名。

には綿、粘土質の固い土地にはサトウキビ。丘のコーヒーの木から取れる豆は、粒こそ小さいが、味はすばらしい。川のほとりや小屋のまわりに植えるのはバナナの木、一年を通して大きな房がたわわに実り、涼しげな木陰を作ってくれる。そしてタバコも何株か。これは、ときにはドマング自身やふたりの主人が紫煙で気晴らしできるように、という理由からだった。ドマングはさらに、山へ薪《たきぎ》を取りに行ったり、あちこちに転がった岩を削って道を平らにしたりもする。ドマングはどんな仕事にも熱心に取り組み、巧みにそして手際よく仕上げるのだった。

ドマングが何よりも第一に考えるのはマルグリットのことだったが、ラ・トゥール夫人への献身もそれに劣ることはなかった。ヴィルジニーが生まれたときに、夫人に仕えるマリーという名の黒人女と夫婦になっていたからだ。ドマングは妻を心から愛していた。マダガスカル生まれのマリーは、手仕事をいくつか身につけていた。なかでも得意なのは、森に生えている植物を使って籠《かご》を編んだり、粗布《パーニュ》を織ったりすることだ。手先が器用できれい好き、そしてどこまでもラ・トゥール夫人に忠実で、食事の支度や鶏の世話をしていた。ときにはポール・ルイの町まで下りていき、両方の農園で取れた作物の余りを売ることもあったが、それはたいした量ではなかった。以上に加えて、子どものそばで飼育されている二匹の牝山羊《めすやぎ》と、夜のあいだ外で番をする大きな犬一匹を入れれば、このふたつの小さな地所で取れる作物と、そこで働くもののすべてを挙げたことになる。

ラ・トゥール夫人とマルグリットは、朝から晩まで綿を紡《つむ》いでいた。この仕事のおかげで家族の日々の暮らしに必要なものは手に入ったものの、それ以上の余裕はないので、ふだんはいつも裸足、靴を履くのは日曜日の朝早くに、向こうに見えるパンプルムスの教会へミサに行くときだけだった。あそこよりはポール・ルイの方がだいぶ近いのだが、ふたりはめったに町へは足を向けなかった。身につけているのは粗末な青いベンガル布[4]の服、奴隷と同じような恰好なので、町へ行くと人から馬鹿にされる。それがいやだったのだ。だが、世間から何と思われたところで、家庭の幸福にまさるものはない。外の世界で多少不愉快なことがあっても、それだけにいっそう家路をたどるときは嬉しかった。マリーとドマングは、下に見えるパンプルムスの街道を主人

4　黒人奴隷を管理・支配するための法律「黒人法」に従い、奴隷たちには衣類のための粗末なベンガル布が毎年支給されることになっていた。

が戻ってくるのを目にすると、ふもとまで駆け下りてふたりが山道を登るのを手伝う。出むかえた召使いの目には、主人の帰りを喜ぶ気持ちがありありと読み取れる。そしてふたりを待っているのは、こざっぱりとした心安まる幸福なわが家。それは献身的な召使いと一緒に自分たちの手で築きあげたものだった。

かつては似たような不幸に苦しみ、そして今は同じ困窮をともにしながら、ラ・トゥール夫人とマルグリットは、互いを友人とも同志とも姉妹とも見なして、強い絆《きずな》で結ばれていた。意思も利害も食卓もひとつにし、あらゆるものを共有していた。しかし時として、過ぎ去った愛の思い出が心によみがえり、激しく燃えあがるようなこともある。そのようなときには、汚《けが》れのない日々の生活に裏打ちされた清らかな祈りを捧げて、天上の国へと思いを馳《は》せるのだった。それはちょうど炎が地上で燃えつきたあと、大空へ向かって消え去るのと同じだった。

ふたりの暮らしの幸福は母としての務めによってさらに深まり、どちらも不幸な恋の結晶である幼な子たちを見るたびに、友情の絆は強くなっていった。子どもたちを同じ水で沐浴《もくよく》させる。ひとつの揺り籠に寝かせる。時には相手の子に乳を含ませることもあった。折にふれラ・トゥール夫人は言っていた。

「ねえ、わたしにもあなたにも、子どもがふたりいるのね。そしてこの子たちにはお母さんがふたりもいるんです」

嵐に襲われ枝という枝が折れてしまった同じ種類の木が二本並んでいるとき、新たに芽生えた若枝をそれぞれ元の幹から切り離して隣の幹へ接ぎ木すると、ふつうよりもずっと良い実がなるものだ。それと同じように、ふたりの幼な子はあらゆる血縁を奪われてしまったが、母親たちの乳房を取りかえて吸ううちに、親子や兄弟姉妹といった血のつながりよりもずっと濃密な愛情を注がれることになった。母親たちは揺り籠をのぞきこみながら、早くもこの子たちを結婚させる話をしていた。ふたりの子どもが将来幸せな結婚をする、そのことを思うと自分たちの苦しみも慰められたが、しまいにはたいていふたりとも涙にくれてしまう。マルグリットの不幸は結婚の掟《おきて》をないがしろにしたため、ラ・トゥール夫人の不幸は結婚の掟に従ったため。ひとりは自分より身分の高い男を愛してしまい、もうひとりは自分より身分の低い男を愛してしまった。しかし涙にくれながらもふたりは、憂いなく育ったこの子たちが、やが

C. GRAY SC.

てヨーロッパの歪んだ価値観などとは無縁に、身分などにとらわれない幸福のなかで愛の喜びを味わうことになるだろうと考えて、心を慰めるのだった。

事実、幼いころから子どもたちの仲むつまじいことといったら、ほかに類を見ないものだった。ポールがむずかるようなことがあると、ヴィルジニーをそばに連れていく。するとその姿を見ただけで、ポールはにこにこと機嫌をなおす。ヴィルジニーがどこかを痛がっていると、ポールはすぐに大声で大人に知らせる。そんなときヴィルジニーはポールを心配させまいとして、幼いながらぐっとこらえて痛くないふりをする。私がここにくるといつも、ふたりはこの島の習慣で丸裸のまま、手をつないだり腕を組んだりしながら、よちよち歩いていた。まるでぴったりと寄り添う双子のようだった。夜になってもふたりは離れようとしない。同じ揺り籠のなか、頬と頬を寄せ、胸と胸を合わせたまま、腕を相手の首にまわして抱き合いながらすやすや眠る姿を目にするのはいつものことだった。

口を利けるようになったこの子たちが、相手のことを言うのに最初に覚えた言葉は「兄」と「妹」だった。このふたりよりも仲よくじゃれ合う子どもはほかにもいるだろうが、これほど愛情のこもった名で呼び合ったりはしない。やがてふたりが大人からいろいろなことを少しずつ教わるようになると、この子たちの仲むつまじさは深まるばかりだった。自分にできることで相手を助け、お互いに支え合うようになっていったからだ。掃除や食事の支度など、家事を手伝うのはヴィルジニー、ポールはいつもその仕事ぶりを褒めてキスでねぎらうのだった。ポールの方はじっとしていることはなく、ドマングと一緒に土地を耕したり、小さな斧を手にドマングの後をついて森へ行ったりする。その道すがら、きれいな花や甘い果実、あるいは鳥の巣などを見つけると、それがどんなに高い枝にあってもよじ登って取り、ヴィルジニーに持って帰るのだった。

どこかでふたりのどちらかに会うようなことがあれば、もうひとりがその近くにいるのは間違いなかった。ある日、私があの山から下りてくるとき、不意ににわか雨がやってきた。見ると農園のはずれにいるヴィルジニーが、スカートの裾《すそ》を後ろからまくって頭を覆い、小屋の方へ駆けていく。ヴィルジニーひとりだと思って、手を引いてやろうと急いでそばまで行くと、頭にかぶった裳裾《もすそ》の下には、ヴィルジニーとしっかり腕を組んだポールがすっぽりと隠れていた。ふたりは楽しそうに笑いながら、この即席の傘の下で身を寄せ合っていた。かわいらしいふたつの顔が風にふくらんだスカートに包まれているのを見ると、白鳥に姿を変えたゼウスと交わったレダが産み落とした卵のなかにいたという双子、カストルとポルックスはきっとこのような姿だったのだろうと思われた。[5]

ふたりが心を傾けるのは、どうすれば相手が喜ぶか、どうすれば力になってあげられるか、ということだけだった。それ以外のことは、植民地生まれの子の常として何も知らず、読み書きもできなかった。過ぎ去った昔の出来事や、遠い土地の出来事に心を留めることはない。ふたりの好奇心はこの山を越えた向こうまでは届かないのだ。島の端《はし》が世界の果てだと信じ、その彼方に何か愛すべきものがあるなどとは考えもしない。ふたりの心を占めているのは、お互いの愛情と母親たちの慈愛だけ。役に立たない学問をむりやり詰めこまれることも、つまらない道徳の教えに退屈させられるこ

5　白鳥に姿を変えたゼウスが、スパルタの王妃レダと交わって産ませた卵からかえった双子の兄弟。ふたりは戦士として名高く、常に行動をともにした。イアソン率いるアルゴー船の遠征にも参加。この航海の最中に暴風雨にあった際、オルフェウスが琴を弾いて神に祈ると双子のそれぞれの頭上に星が輝き暴風雨が収まったことから、兄弟は航海の守護神としても崇《あが》められた。ともにゼウスの力で双子座になったという。

ともない。ふたりは、盗むべからず、という戒《いまし》めを知らない。家ではすべてがみんなのものだったからだ。節度を守るべし、という戒めも知らない。質素なものではあるが、食べ物はふんだんにあったからだ。嘘をつくべからず、という戒めを知らないのは、何ひとつ隠し立てする必要などなかったからだ。親不孝をすると神さまの恐ろしい罰《ばち》があたるよ、と脅かしても、ふたりはきょとんとしていた。母を慕《した》う愛情は、ふたりのなかで子を慈《いつく》しむ母の愛情にこたえて自然に湧きあがっており、親不孝とは何なのかわからなかったのだ。宗教について教わるのは、恐ろしい地獄のことなどではなく、楽しいことばかりだったので、ごく自然に心を寄せるようになっていった。ふたりは教会で長々と祈るかわりに、家でも森でも畑でも、どこにいても汚れのない小さな両手を空に伸ばして、母親への愛情にあふれた心を天に捧げるのだった。

こうして何の憂いも知らずに過ぎゆくふたりの幼い日々は、たとえるならば美しい曙《あけぼの》、これからやってくる長い一日が雲ひとつなく晴れわたったものになることを約束していた。ふたりはすでに、母親たちを手伝って家の仕事を何でもやるようになっていた。雄鶏の声が夜明けを告げると、ヴィルジニーはすぐに床《とこ》を出て近くの泉へ水を汲みに行き、戻ってくると朝食の支度に取りかかる。やがて朝日がこの盆地を取り囲む岩山の峰を黄金色《こがねいろ》に染めるころになると、マルグリットとポールの親子がラ・トゥール夫人の小屋へやってくる。みんなそろって朝の祈りを唱え終わると朝食だ。たいていは小屋の前、バナナの葉陰で食事をした。バナナの実は栄養豊富で調理をしなくても美味しく食べられ、幅広で長くつやつやした葉はテーブルクロス代わりになった。

ふんだんにある新鮮な食べ物のおかげで、ふたりの身体はすくすくと成長していった。穏やかな教育のおかげで、ふたりの顔立ちには心の清らかさと喜びが自然とにじみ出ていた。ヴィルジニーはようやく一二歳になったところだったが、もうだいぶ女らしい体つきになっていた。ふさふさとした金色の髪をなびかせ、青い瞳と紅珊瑚《ベニサンゴ》のような唇が潑溂《はつらつ》とした表情に愛らしいきらめきを添えていた。話しているときは、その瞳と唇にいつもほほえみが浮かんだ。口をつぐんでいるときには、生まれつきやや上を向いたまなじりや口元によって、その表情はものに感じやすい繊細さと、そして一抹の哀愁とをたたえるのだった。ポールの方は、子どもらしいあどけなさのなかにも、すでに男らしい性格がはっきりと見えはじめていた。背丈もヴィルジニーより高く、肌もずっと日に焼け、鼻筋もしっかりしていた。黒い瞳はそのままだと少しきつい印象を与えたかもしれないが、長い睫毛に濃くふちどられているおかげで、きつさがやわらいでいた。ポールはいつも忙しく身体を動かしていたが、幼なじみが姿を見せるとすぐに仕事の手を止め、そばに腰を下ろしに行った。ふたりで食事を取っているとき、たいていは言葉を交わさなかった。黙って座るふたりの無邪気な姿勢や、すらりと形の良い素足を見ると、白大理石でできた古《いにしえ》の彫像――ニオベ[6]の子どもたちをかたどった彫像を見ているような気がしたものだ。その一方で、心をこめて見つめ合い、やさしいほほえみを交わすふたりの姿を見ると、思いを伝えるのに思考に頼る必要もなく、愛情を伝えるのに言葉に頼る必要のない天使たちを見ているような気もしてくるのだった。

ラ・トゥール夫人は、自分の娘が美しく成長していくのを目にするにつけて、愛情がますます深まっていくとともに、不安が大きくふくらんでいくのを感じていた。「もしわたしに万が一のことがあったら、ヴィルジニーはどうなってしまうのでしょう？　財産も何も持っていないのに」。夫人からそうたずねられたのも一度や二度の

ことではない。

夫人にはフランス本国に伯母がひとりいた。裕福な貴族の家柄で、年をとった信心深い女性だった。この伯母は、夫人がラ・トゥール氏と結婚したとき、心ない言葉を浴びせ、頑として助力を拒んだのだった。たとえどんな窮地に陥ってもこの伯母に頼ることだけはすまい。そう心に決めていた夫人だったが、母親となった今は事情が違う。もはや断られる恥ずかしさなど恐れてはいられない。夫が不慮の死をとげたこと、娘が生まれたこと、故郷を遠く離れ、寄る辺ない土地で子どもを抱えて困っていること、夫人は伯母にこまごまと書き送った。だが返事はなかった。心正しい男性なのに、身分が低い、ただそれだけの理由で決して結婚を許そうとしなかった伯母。誇り高い夫人も、今となってはもうその伯母に頭を下げることを厭《いと》わなかった。その非難に真正面から身をさらすことも厭わなかった。折にふれて手紙をしたため、ヴィルジニーに情けをかけてもらおうとした。しかし相変わらず音沙汰ひとつなく何年もの歳月が過ぎていった。

一七三八年、ラ・ブルドネ氏[7]が総督としてこの島に赴任して三年経った年になってようやく、ラ・トゥール夫人は総督が伯母からの手紙をあずかっていると知らされた。

夫人はこのときばかりは粗末な身なりも構わずポール・ルイの町へ急いだ。母親としての喜びのために、世間体など気にならなかったのだ。ラ・ブルドネ氏から渡された伯母の手紙には、姪《めい》にあてて次のように書かれていた。今のおまえの境遇は、山師とも与太者とも知れない男と結婚した当然の報いだ。けがらわしい情熱には必ず罰《ばつ》が下るのだから。男が天寿をまっとうできず若死にしたのは神罰以外のなにものでもない。もっとも、フランスにぐずぐず居座って一家の恥さらしにならず、絶海の孤島に姿をくらましたのはせめてものことだ。おまえが今いるところは、よっぽどの怠け者でないかぎり誰でも財産を作れる結構な土地だというじゃないか——こうやってさんざん夫人を貶《おとし》めたあとで、手紙は伯母の自画自賛で終わっていた。結婚などしても、ま

6　ゼウスの血を引く男児七人女児七人の多子を自慢したため女神レトの怒りを買い、アポロンとアルテミスに子を全員殺された。ニオベは悲嘆のあまり石になったが、石は涙を流しつづけた。

7　ベルトラン＝フランソワ・マエ・ド・ラ・ブルドネ。一六九九〜一七五三。フランス島とブルボン島の総督に任命され、一七三五年に赴任。ラ・ブルドネはポール・ルイの町を建設し、軍事、行政、産業、生活など各方面の基盤となる設備を整備した。彼が総督を務めた一七四六年までのあいだに、フランス島は飛躍的な発展をとげた。

ず悲惨な目にあうのがおちだ、そうならないために自分はこれまで結婚しないできたのだ、と。しかし本当のところは、気位が高くて、名門貴族の男でなければ夫にすまいと決めていたからだ。そのうえ、いくら金持ちだといっても、そして宮廷でものをいうのは財産だけだとはいっても、この伯母のように不器量で心の狭い女と一緒になろうなどという男はひとりもいなかったのだ。

手紙には追伸として、いろいろ考えた末にラ・ブルドネ氏におまえのことをくれぐれもよろしくと頼んであるから、と書き添えてあった。たしかに伯母は自分の姪のことを頼んでいた。だがそれは、姪に対する自分の無慈悲をとりつくろうためだった。うわべは同情を装いながらも、口をきわめて夫人をあしざまに言っているにすぎなかった。今の世では、後ろ盾と頼んでいた人が、ささいなきっかけから、公然たる敵よりも恐ろしい存在になってしまうことがよくある。伯母の口添えの結果がまさにそれだった。

偏りのない目で見れば、誰もがラ・トゥール夫人に心惹かれ、尊敬を寄せずにはいられない。しかし、悪意ある中傷を伯母から吹き込まれていたラ・ブルドネ氏は、愛想のない冷ややかな態度で夫人を迎えた。夫人が懸命に自分と娘が置かれている状況を訴えても、「いずれ」とか「そのうち」とか「しばらくしたら」、あるいは「不幸な人はほかにもいますからね」「なぜあんな立派な伯母さまを怒らせたりしたんです？」「間違ってるのはあなたの方ですよ」といった、突き放した素っ気ない返事をするばかりだった。

ラ・トゥール夫人は悲しさと口惜しさに胸が張り裂ける思いで戻ってきた。小屋に着くとぐったりと腰を下ろし、例の手紙を食卓に投げ出しながらマルグリットに言った。

「一一年間も待ちつづけた結果がこれですわ」

だが字を読めるのは夫人だけだったので、自分でその手紙を手に取り、みんなの前で読みあげた。夫人が読み終わるのを待ちかねて、マルグリットは勢いこんで言う。

「親戚なんてあてにする必要ないじゃない。神さまに見捨てられたわけじゃないんだもの。わたしたちを助けてくれるのは神さまだけ。今日までみんなで幸せに暮らしてきたでしょ。どうして悲しむことがあるの。元気を出して」

ラ・トゥール夫人が涙を流しているのを見て、マルグリットは友人の頭を胸に固く抱きしめる。そうして「かわいそうに、本当にかわいそうに」と慰めたが、自分も嗚《お》咽《えつ》にむせび、声を詰まらせた。それを見ていたヴィルジニーも涙にくれ、母の手とマルグリットの手に交互に唇を押し当ててはそれを胸に抱く。ポールは怒りに瞳を燃やしたまま、思いをどこへぶつけていいのかわからず、こぶしを握りしめ、地団駄を踏んで叫ぶ。この騒ぎを聞きつけてドマングとマリーも駈けつけ、今となっては小屋のなかに聞こえるのは「かわいそうに」「ご主人さま」「お母さん」「もう泣かないで」といった悲嘆の声ばかりだ。

みんなが示してくれるやさしい思いやりに、ラ・トゥール夫人の悲しみも薄らいでいった。夫人はポールとヴィルジニーを両腕で抱きしめると、ほほえみながら言った。「ねえポール、そしてヴィルジニー、わたしの悲しみのもとはあなたたちふたり。でもね、あなたたちふたりがわたしの喜びのすべてなの。不幸がやってくるのは、きまって遠いところから。わたしのそばには幸福があふれているんですもの」

ふたりの子どもにはその言葉の意味はわからなかった。それでもラ・トゥール夫人が泣きやんだのを見ると、にこにこ笑いながら抱きついた。こうして一同の幸せな日々は、またいつものようにつづいていった。手紙の一件は、美しい季節をよぎる一陣の驟雨《しゅうう》でしかなかった。

ふたりの子どもは素直にすくすくと育っていった。ある日曜日の夜明けのこと、母親たちがパンプルムスの教会の朝ミサに出かけて留守のとき、主人のもとを逃げ出してきたひとりの黒人女が、農場を囲むバナナの木陰に姿をあらわした。骨と皮ばかりに痩せ細り、身につけているのは腰に巻いたぼろぼろの粗布だけ。その女は、朝食の支度をしていたヴィルジニーの足元に身を投げ出した。

「お嬢さま、哀れな奴隷をお助けください。もう一カ月も、ひもじくて、死にそうで、この山をさまよってるんです。何度も何度も猟師や犬に追いかけられて……。ノワール川のお金持ちのとこから逃げてきたんです。あそこじゃどんなひどい仕打ちされたことか」

そう言いながら女は、深くえぐられた幾筋もの鞭打ちの跡を見せた。

「いっそのこと、水に身を投げちまえばどれほど楽かとも考えました。でも、お嬢さん方がここに住んでるのを知ったんで思い直したんです。この土地にもまだ親切な白人の方がいるんだから、死に急いじゃならないって」

ヴィルジニーはすっかり胸を打たれた。

「まあ、かわいそうに。でももう大丈夫、安心して。さあ、これをどうぞ。食べてちょうだい」

用意したばかりの家族の朝食を差し出すと、女はたちまちのうちに平らげた。相手がすっかり満腹になった様子を見て、ヴィルジニーは口を開いた。

「なんてかわいそうなのかしら、あたし、ご主人に赦《ゆる》してくれるよう頼みにいってあげたいの。いくらひどいご主人だって、あなたのこんな様子を見たら、きっとかわいそうに思うはずよ。案内してくれる？」

「ほんとうにおやさしいこと、まるで天使さまだ。どこへでもお供しますとも」

ヴィルジニーはポールを呼ぶと、一緒にきてくれるようにと頼んだ。逃げてきた女の案内で、一行は深い森の小径《こみち》に分け入っていく。高い山を苦労しながらよじ登っていくつも越え、広い川に出くわすたびに浅瀬を歩いて渡り、ようやくノワール川のほとりにある円丘のふもとにたどり着いた。立派な大邸宅、どこまでも広がる大農園、たくさんの奴隷がさまざまな仕事をしている。そのなかをパイプをくわえ藤《ふじ》の杖を手に悠々と歩いているのが主人、痩せぎすで背が高く、つやのないくすんだ顔色、目は深く落ちくぼみ、黒々とした眉を険しく寄せている男だ。

ヴィルジニーは緊張で胸がどきどきしたが、ポールの腕をぎゅっと摑んで男に近づいていった。どうか後ろにいるこの女の人を赦してあげてください、そうすればきっと神さまもお喜びになります。男ははじめ、粗末な身なりをしたふたりの子どもには目もくれなかった。しかし、ヴィルジニーのすらりと品のいい体つきと、青い頭巾《ずきん》からのぞく美しい金髪に目を留め、自分の赦しを求め怯《おび》えて震えるやさしい声を耳にすると、パイプを口から離して杖を天へと差しあげ、神をないがしろにする恐ろしい誓いを立てたのだった。よろしい、奴隷を赦してやろう、だがそれは神なんて代物を喜ばすためではなく、おまえを喜ばせてやるためだ、と。それを聞くとすぐにヴィルジニーは女奴隷に主人の前に出るよう合図をし、自分は振り返りもせずにその場から逃げ出した。ポールもその後を追って駆けだした。

ふたりは先ほど下りてきた丘を駆けのぼり、ようやく頂上へたどり着くと、疲労と空腹と喉の渇きに力尽きて、木の根もとに座りこんだ。朝から何も口にしないまま二〇キロあまりの道を歩いてきたのだ。ポールはヴィルジニーに声をかけた。

「ねえ、もうお昼過ぎだよ。お腹すいたんじゃない？　のど渇いたんじゃない？　でもここにはお昼ごはんになるようなものはないね。丘を下りていって、さっきの主人に何か食べ物をもらってこようか」

「そんなのいや。あの人、すごく怖い。お母さんがよく言ってるじゃない、悪い人のパンは口にしちゃいけない、砂利《じゃり》を頬ばるようなものだから、って」

「じゃあどうする？　このあたりの木になってるのは食べられない実ばかりだよ。きみを元気にしてくれるような羅望子《タマリンド》もレモンもなってない」

「きっと神さまが助けてくれる。神さまは、お腹をすかせて餌を欲しがる小鳥たちの声だって聞き届けてくれるんですもの」

ヴィルジニーのその言葉が終わるか終わらないかのうちに、岩を流れ落ちる湧き水の音が近くから聞こえてきた。ふたりは駈けより、水晶よりも澄んだその水で渇きを癒やすと、そばに生えている水芥子《クレソン》を摘《つ》んで食べる。もう少ししっかりとした食べ物はないかとあたりを見回すうちに、ヴィルジニーは木立のなかに若いアブラヤシの木を見つけた。この木の梢《こずえ》には葉に幾重にも包まれた新芽が生え、それがとても美味しいのだ。しかし、幹の太さは人間の脚ほどしかないのに、その高さは二〇メートルばかりあった。この木は幹の大部分がすかすかの繊維質でできているが、外側の部分はとても固く、どんな鋭い斧でも刃がボロボロになってしまうほどだ。ポールは小刀さえ持っていなかった。

それならばと、木の根元に火をつけて焼き倒そうと考えたものの、あいにく燧石《ひうちいし》も持ち合わせていない。そもそもこの島はいたるところ岩だらけなのに、燧石はひとつも見あたらないのだ。しかし、窮すれば通ず、とはよく言ったもので、困窮のどん底にいる人こそ名案を思いつくものだ。ポールは黒人たちがやっているのと同じやり方で火をおこすことにした。まず、石の先端でよく乾いた木の枝に小さな穴を開け、それを両足でしっかりおさえる。次にその石を刃のように使って別の枝の先を尖らせる。この枝はさきほどの枝と同じようによく乾いているが、木の種類が違う。そしてその尖った先を足でおさえた枝に開けた小さな穴に差し込んで、ちょうどショコラ[8]の泡立て棒を回すときの要領で、両手をすりあわせるようにしてすばやく回す。と、すぐに穴のところから煙と火の粉が出はじめた。ポールは枯れ草や枯れ枝を集めて、アブラヤシの根元で燃やす。するとほどなくして木は大きな音とともに倒れた。燃やし

8　すりつぶしたカカオ豆に、砂糖、香辛料、牛乳などを加え、火にかけ泡立ててつくる飲み物。一七世紀にフランスにもたらされて以来、宮廷を中心に人気を博す。一九世紀になると、製造技術の進歩によって固形のチョコレートが作られるようになる。

たおかげで、新芽を包む固くて尖った葉も取り除かれていた。ふたりはその新芽の一部を生のままで食べ、残りを灰のなかで焼いて食べたが、どちらもこの上もない美味しさだった。

　このささやかな食事のあいだ、ふたりは午前中にした善い行いを思い出して喜びに満たされていた。けれどその喜びも、自分たちが黙って家を出てからもうずいぶん経つので、母親たちがさぞ心配しているだろうと思うと、すっと暗い影がよぎるのだった。ヴィルジニーはしきりにそのことを口にした。すっかり元気を取り戻したポールは、じきに母さんたちを安心させてあげられるよ、と力づけた。

　とはいうものの、食べ終わるとふたりはどうしたらいいか困ってしまった。行きと違って、家まで案内してくれる人は誰もいない。それでもポールは動じることなくヴィルジニーに言った。

「ぼくたちの家があるのは、真昼に太陽がある方角だよ。だから今朝みたいにあの山を越えればいいんだ。ほら見えるだろ、峰が三つあるあの山。さあ、歩こう」

　その山というのはトロワ・マメル山で、三つ《トロワ》の峰が乳房《マメル》の形をしているためにこの名がついている。ふたりは丘を北側へと下りていった。そして一時間ばかり歩くと、行く手をさえぎる広い川に出た。島のあのあたりは大部分が森に覆われていて、今でもほとんど人に知られておらず、まだ名前のついていない山や川がいくつもある。ふたりが川のほとりにたどり着くと、激しい流れがごつごつした岩に白くしぶきをほとばしらせていた。そのすさまじい水音にヴィルジニーはすっかり怯えてしまい、渡ろうにも足を踏み出すことができない。それを見たポールは、ヴィルジニーを背負うとそのまま、逆巻く奔流をものともせずに滑りやすい岩から岩へと渡っていった。

「心配しなくて大丈夫だからね。ぼく、きみと一緒にいると、なんだか力が湧いてくるんだよ。もしさっき、あのノワール川のところの奴が、奴隷の女の人を赦してやってくれっていうきみの頼みを断ったりなんかしたら、あいつと喧嘩するつもりだったんだ」

「なんですって？　あんな大きくて怖そうな人と？　あたしのせいで危ない目にあわせちゃうところだったのね。でもほんと、善いことをするのってむずかしい。悪いことなら簡単にできるのに」

対岸に着いてからも、ポールはヴィルジニーを背負ったまま道をつづけようとした。二キロほど先にトロワ・マメル山が見えていたが、その山も背負ったまま登るつもり

だったのだ。けれどもそこまで行きつかないうちに力尽きてしまい、ヴィルジニーを地面に下ろして並んで座り、ひと休みしなければならなかった。

「ねえ、日も暮れてきたわ。兄さんはまだ元気があるけど、あたしはもうだめ。ここにいるから、ひとりでおうちに戻って、お母さんたちを安心させてあげて」

「なに言ってるんだ、そんなのだめだよ。置いてくなんてできるわけないじゃないか。森で日が暮れたら、また火を燃やしてアブラヤシの木を倒してあげる。そうすれば新芽を食べられるだろ。葉っぱで小屋を作ってあげるから、夜はそこで寝ればいいよ」

そうやって話しながら、休んで少し元気になったヴィルジニーは、川に乗り出すように伸びる老木の幹からシダの仲間の小谷渡《コタニワタリ》の細長い葉を何本も摘むと、それを編んで長靴のようなものを作り、血の滲む足を包んだ。逃げてきたかわいそうな女の人を早くなんとかしてあげたいと、靴も履かずに飛び出したので、歩いているうちに石で傷つけてしまったのだ。葉で編んだ靴はひんやりと冷たく、痛みもやわらぐ。ヴィルジニーは竹を折って杖にし、もう一方の手でポールにつかまって歩きはじめた。

こうしてふたりは森をのろのろと進んでいくが、木々は高くそびえ、葉は鬱蒼と茂り、やがて目印にしていたトロワ・マメル山を見失ってしまった。沈もうとしている太陽がどこにあるのかさえもわからない。知らないうちにふたりは小径をはずれ、出口のない樹木と蔦葛《つたかずら》と岩の迷路に迷いこんでいた。ポールはヴィルジニーをその場に座らせると、自分は夢中になってあちこち駈けまわり、この密林から抜け出す道を探すが、それも徒労に終わった。せめてトロワ・マメル山だけでも見えないかと高い木に登ってあたりを見回してみても、目に入るのは夕陽に染まった梢の先ばかりだ。そうこうしているうちに、山々の影が谷間の森をすっぽりと包んでいく。夕暮れ時の常で、風がぱったりとやむ。深い静けさがあたりを浸《ひた》す。聞こえてくる物音といえば、ねぐらを求めて人里離れたこの森深くまでやってきた鹿の鳴き声だけだ。ポールは、どこかの猟師の耳に届くかもしれないという望みをかけて、力のかぎり叫んだ。

「おぉぉい、来てくれぇぇぇ！　助けに来てくれぇぇぇ！　ヴィルジニーをぉぉ！」

けれどその声に応えてくれるのは森のこだまだけ。「ヴィルジニーを……ヴィルジニーを……」とむなしくくり返すばかりだった。

ポールは疲れと悲しみに打ちのめされて木から下りると、ここでどうやって一夜を明かせばいいか思いめぐらせた。しかしあたりには清水も湧いていない。椰子の木も生えていない。火をおこすのに使えそうな枯れ枝さえ見あたらない。もう自分の力ではどうしようもない、ポールはとうとう泣き出してしまった。それを見たヴィルジニーは言った。

「ねえ、泣かないで。あたしまで悲しくなっちゃうから。みんなあたしのせいなのよ、兄さんが悲しんでるのも、お母さんたちが今ごろすごく心配してるのも。たとえ善いことをするんでも、お母さんたちに相談しないでやっちゃぜったいにいけないのね。あたし、なんて考えなしだったのかしら」

そして、ぽろぽろ涙を流しながら言葉をつづけた。

「神さまにお祈りしましょう。きっと助けてくださるわ」

すると、ふたりの祈りが終わるか終わらないかのうちに、どこからか聞こえてくる犬の吠《ほ》え声。

「あれは猟犬の声だよ。猟師の人は夕方になると鹿を待ち伏せして撃つんだ」

犬の吠え声はますます激しくなってくる。

「ねえ、うちのフィデールの鳴き声じゃない？　そうよ、あの声はフィデールよ。じゃあ、あたしたち、うちのすぐそばまで来たのかしら？　ここ、うちの山のふもとなの？」

ヴィルジニーの言葉通り、いきなりフィデールがふたりの足元に飛びついてきた。吠えたり唸《うな》ったり鼻を鳴らしたりしながら夢中でじゃれつく。思いもよらない出来事にとまどっていると、ドマングが息せき切って駈けよってくるのが見えた。ふたりのもとにたどり着いたこのやさしい黒人は、涙を流して喜んでいた。ポールとヴィルジニーも胸がいっぱいになって泣き出し、何も言うことができない。ドマングはようやく落ち着くと口を開いた。

「坊ちゃま、お嬢さま、みんなどんなに心配してることか。お母さまたち、それはそれはびっくりしてましたよ、わしがお供してミサに行って、戻ってきたらおふたりがどこにもいないもんで。マリーに聞いても、なんでも外れの方で仕事をしてたとかで、どこへ行ったかまるっきり知らないって言うし。わしもどこをどう探したものかわからないで、そこいらをうろうろするばかり。でも、はたと思いついて、おふたりが着ていた服を取ってきて、フィデールに匂いをかがせてみたんで。こいつは本当に利口なやつですよ、すぐに察して足跡をたどりはじめたんだから。そして尻尾《しっぽ》をふりふり、ノワール川まで案内してくれたんです。そこの農園の主《あるじ》から聞きましたよ、逃げた女奴隷をおふたりが連れてきて、その女を赦すと約束させたんですってね。でもあれは〝赦す〟なんてものじゃないですよ。かわいそうにあの女奴隷、足には鎖、首には刺《とげ》が三つもついた鉄の首枷《くびかせ》、ってひどい姿で木の台にくくりつけられてたんだから。そうこうしてるうちにも、フィデールはずっと匂いをたどりつづけて、今度はノワール川の丘の上へ。立ち止まってしきりに吠えると思ったら、そこにはきれいな水が湧いていて、そばには倒れたアブラヤシ。焚《た》き火《び》のあとはまだくすぶってた。で、そのあとようやくここにたどり着いたってわけで。ここはトロワ・マメル山のふもと、おうちまではまだたっぷり一六キロはありますかね。さあ、とにかくこれを食べて、元気をつけてくださいな」

ドマングはすぐに菓子や果物を広げた。大きな瓢簞《ひょうたん》には飲み物がいっぱいに入っていたが、それは水と葡萄酒《ぶどうしゅ》とレモン汁を混ぜ合わせて、砂糖とナツメグを加えたものので、子どもたちが元気を回復するようにと、ふたりの母親が心をこめて作ったのだった。ヴィルジニーはかわいそうなあの女の人のことを思い、そして母親たちの心配のことを思ってため息をつくと、「ああ、善いことをするのはなんてむずかしいんでしょう」とくり返した。

ふたりが食べたり飲んだりしているあいだに、ドマングは火をおこし、岩のあいだを探して曲がりくねった木を見つけてきた。それは《夜廻りの木》と呼ばれている、生のままでも大きな炎をあげて燃える木だった。とっぷり夜が暮れていたので、それに火をつけて松明《たいまつ》にしようというのだ。

けれども、いざ歩き出そうという段になって、ドマングははたと困ってしまった。ポールもヴィルジニーも足が真っ赤に腫《は》れあがって、もう一歩も歩くことができない。ふたりをここに置いて誰かに助けを頼みに行くのがいいか、それとも三人でここにとどまり夜を明かすのがいいか。ドマングは思い迷っていた。

「坊ちゃまとお嬢さまをいっぺんに抱っこして歩いたのも、ずいぶん昔のことです。今じゃおふたりとも大きくなりましたし、わしときたらすっかり年をとってしまいましたしねえ」

途方に暮れていると、二〇歩ほど離れたところに不意に何かがあらわれた。主人のもとを逃げ出して山に隠れ住んでいる黒人奴隷の一団だ。その頭らしい男がポールとヴィルジニーのそばに近づいて言った。

「怖がらんでください。今朝方《けさがた》、小さなおふたりがノワール川の女奴隷と一緒に歩いていくのを見てました。あの女を赦してくれるよう、意地悪な主人に頼みにいってくれたんですね。いやはや、なんともご親切なことで。そのお礼といっちゃなんですが、おふたりを担《かつ》いで送っていきますよ」

合図とともに、なかでも屈強な四人が進みでる。と、木の枝や蔦で担架のようなものを手早く作ってポールとヴィルジニーをのせ、軽々と肩に担ぎあげた。松明を手にしたドマングを先頭に一行が歩きはじめると、残りの奴隷たちは喜びの声をあげ、口々にふたりを祝福した。ヴィルジニーは心を動かされ、ポールに言った。

「ねえ、やっぱり神さまは善い行いをちゃんと見てくださってるのね」

一行がようやく慣れ親しんだ山のふもとにたどり着いたのは、夜も更《ふ》けてからだった。山の尾根には焚き火の明かりがいくつも見えている。登りはじめるとすぐに、「ポールとヴィルジニーなの？」と叫ぶ声が聞こえてきた。一同は声を合わせて「そうです」と答える。ほどなくして、ふたりの母親とマリーが、手に手に松明を持って迎えにくるのが見えた。

「いったい何があったのです？　どこへ行ってたのです？　こんなに心配かけて」

ラ・トゥール夫人がそう言うと、ヴィルジニーは答えた。

「ノワール川までよ。今朝、逃げてきたかわいそうな女の人がうちにきてね、お腹が

すいて死にそうになってたから、朝ごはんをあげたの。その人を赦してもらおうと思ってノワール川まで一緒に行って、それからこの人たちに送ってもらったのよ」

ラ・トゥール夫人は感極まって何も言えず、娘をきつく抱きしめた。ヴィルジニーは母親の涙で自分の顔が濡れるのを感じた。

「あたし、今日はずいぶんつらい目にあったけど、お母さんの顔を見たら、みんなどうでもよくなっちゃった」

マルグリットも喜びに胸を詰まらせながらポールを抱きしめた。

「ポール、おまえも善いことをしてきたんだね」

みんなで小屋に戻ると、母親たちはふたりを送ってきてくれた人たちにできるだけのごちそうをふるまった。その逃亡奴隷たちは、両家族の幸せと繁栄を口々に祈りながら、森へと帰っていった。

この二組の家族にとって、毎日は幸福と平和に満ちていた。人をうらやんだり、栄達を求めたりして心を悩ますことはない。世間での名声などというむなしいものには一切関心がないので、それを得ようと策をめぐらすことも、誹謗中傷に怯《おび》えることもない。他人からどう見られるか気にもとめず、自分自身が自らの証人になり裁判官となっていればそれで充分だった。

ヨーロッパの植民地ではよくあることだが、この島でもやはり、人が集まれば他人の悪い噂ばかりが話題になる。したがって島の人々には、この家族の行いの正しさはもとより、名前すらも知られていなかった。ただ、パンプルムスの街道を誰かが通りかかり、平野に暮らす地元の人に向かって「山の上に小屋が見えますけど、あそこには誰が住んでいるのですか？」とたずねるようなことがあると、きまって「きちんとした人たちですよ」という答えが返ってくる。しかしその実、答えた方も誰が住んでいるのか知らなかった。茨《いばら》の陰にひっそりと咲く菫《スミレ》の花は、誰もその姿を目にしたことがなくても遠くまでふくよかな香りをただよわせるもの。この家族もそれと同じだった。

この家族のなかでは、誰かの悪口が口の端にのぼることは一度もなかった。悪口というのは、それがどんなに的を射ているものであっても、知らず知らずのうちに人の心を嫌悪や偏見で染めてしまう。誰かのことを悪いと思うと、その人を嫌わずにはいられない。悪いと思いこんだ人とつきあっていくには、嫌っている気持ちを押し隠し、うわべをとりつくろって好意があるふりをしなければならない。だから悪口は、相手とのあいだに軋轢《あつれき》を生むだけにとどまらず、自分自身を偽ることにもなるのだ。この家族は個々の人をあれこれ言うことはなかった。どうすれば広く万人のために善いことができるか、話題となるのはそればかりだった。たとえ自分たちにそうするだけの力はなくても、人のためになりたいという思いだけはいつでも心に満ちあふれていた。人里離れて暮らしていると、ともすると他人から距離を置くようになるものだが、この家族は逆にますます人を思いやる気持ちが深くなっていくのだった。世間の口さがない噂には興味がないかわりに、身のまわりの自然について語ることが、家族みんなにとって何よりの楽しみであり喜びであった。この荒れはてた岩地にあふれる豊かな実りとうるわしい恵み、そして日ごとくり返される汚れのない素朴な歓びを思うにつけて、自分たちの手を通してこういったものを生み出した神の御業《みわざ》を時間も忘れて褒めたたえるのだった。

一二歳になったポールは、すでにヨーロッパの一五歳の子どもより利発で身体もがっしりとしていた。ポールの仕事は、ドマングが耕した土地を美しく飾ることだった。まずは近くの森へ一緒に行き、いろいろな苗木を抜いてくる。レモン、オレンジ、こんもりと丸い梢があざやかな緑の羅望子《タマリンド》、オレンジの花に似た香りのする甘い実をつける蕃茘枝《バンレイシ》。その苗木を農園のまわりに植える。苗木以外に樹木の種も蒔いたが、それはいずれも次の年にはもう花が咲いたり実をつけたりする木だ。たとえばアガティス、これは白い花が房となって無数のシャンデリアのように垂れさがる。ペルシャリラは、枝付燭台の形に咲いた亜麻色の花房を、空へまっすぐ突き立てる。パパイヤにはメロンのような実が枝のない幹にたくさんつき、天辺にイチジクの葉に似た大きな葉を笠のように広げる。

ほかに種を蒔いたのは、桃玉名《モモタマナ》やマンゴー、アボカド、グアバ、波羅蜜《パラミツ》、蒲桃《フトモモ》など。そのほとんどは、はやくも葉を茂らせて木陰を作り、実がたわわになっていた。ポールは休むことなく手を入れ、ふつうなら草木の生えない痩せた土地にまで緑を広げていた。黒ずんだ岩の上にも、さまざまな種類のアロエ、黄色に朱を点々と散らした花をつけるウチワサボテン、棘だらけのハシラサボテンが育ち、切り立った断崖を這《は》いながら群青《ぐんじょう》や緋色《ひいろ》の花を咲かせて垂れさがっている長い蔓草に届きそうなほどだった。

ポールは草木を植える場所を、すべてが一望のもとに見渡せるように考えながら決めていた。盆地の中央には背の高くならない草花、そのまわりには低木、次に中くらいの木、そしていちばん外側に高い木。中央に立って見回すと広大な地所はさながら円形劇場を思わせた。まんなかには菜園や草地、稲田に小麦畑、それをぐるりと取り囲んで、青葉の斜面が奥に向かって徐々に高くなっていく。その一面緑の階段桟敷《さじき》に、色とりどりの花や実が彩りを添える。

自分の設計にもとづいて植物を配置するといっても、ポールは自然の理《ことわり》に逆らうようなことはしない。種が風にのって運ばれるような植物は高いところに、水にのって運ばれる植物は水辺に、といった具合だった。どの草木も自分にふさわしい土地に根を下ろし、すくすく育つその草木によって、土地はそれぞれにふさわしい自然の装いをまとう。あの山の頂から流れ落ちる水はこの谷間をうるおし、こんこんと湧き出す清水ともなれば、静かに澄んだ泉ともなり、あふれる緑のなかに色とりどりの花を咲かせた木々や、まわりの岩山や、紺碧の空を鏡のようにうつしていた。

ここのような起伏の多い土地には、見えていても近づけない場所というのがどうしてもあるものだ。しかしポールは、みんなに助言を求めたり手伝いを頼んだりしながら、この地所のどんな場所でも簡単に行けるように土地を整えた。最初の作業は、この盆地をひとまわりする小径を作ることだった。その周遊道からはいくつも枝道を出して、それを中央で合流するようにした。起伏の激しいところは凹凸を上手に利用しながら、歩きにくい場所も楽に歩けるようにしたうえ、自分が植えた草木と野生の草木がうまく調和するようにした。今ではその小径ももはや手入れする者もなく荒れはてたまま、島のほかの場所同様、大小の石がところかまわず転がっているばかり。あのころはポールがこういった石を拾い集めては、ピラミッドの形にいくつも積み上げていたものだ。石の隙間には土をつめ、薔薇《バラ》や黄胡蝶《オウゴチョウ》といった岩地を好む灌木を植える。無味乾燥な石のピラミッドは、ほどなくして青々と茂る葉叢《はむら》に覆われ、色あざやかな花々に飾られた。

盆地の奥の涸れ沢に足を延ばすと、左右から老樹が覆いかぶさり、丸天井の地下道といった趣だった。暑さもそこまでは襲ってこないので、日盛りにはみんなでよく涼みに行ったものだ。小径のなかには、野生の木立へ通じているものもあった。ずっと進んでいくと、木立のまんなかに、たわわに実をつけた一本の果樹があらわれる。風にあたらないよう、わざわざこの場所に植えたのだ。小麦畑があるかと思えば果樹園。小屋が見えるかと思えば、険しい山の頂をのぞむ。小径を歩いているだけでも退屈することはなかった。鬱蒼とした照葉木《テリハボク》の森に足を踏み入れると、真昼でも暗くてものの見分けがつかない。あそこに見える大きな岩、山腹から突き出したあの岩の上に立つと、この地所のすべてを一望のもとにおさめることができた。そして遠くに広がる海までも。ときにははるか沖合に、ヨーロッパから来たのか、あるいは戻っていくのか、船がぽつんと浮かんでいるのが見えることもあった。夕暮れ時にみんなが集まるのは、あの岩の上だった。ひんやりとしたそよ風、花の香り、清水のせせらぎ、お互い何も話さないまま、昼の光と夜の闇とがひとつに溶け合う黄昏《たそがれ》をうっとりと味わうのだった。

この入り組んだ地所には居心地のいい場所はいくつもあったが、そういった場所にはたいてい実に感じのいい名前がついていた。今話していたあの岩は《友の訪《おとな》い》。

あそこに立つと私が訪ねてくるのが見えるというので、こう呼ばれるようになった。ポールとヴィルジニーは、あの岩に竹竿を立てておき、ふたりで遊んでいるときに私の姿が見えると、その先に白いハンカチを結んで合図した。近くの山では沖に船が見えると旗を揚げるのだが、それを真似したのだ。私はふたりの竹竿に何か銘を彫ってやろうと考えた。

かつて私は、旅先で古代の彫像や建築を目にするのを楽しみにしていた。だがそれ以上に、すぐれた碑文《ひぶん》を読むのが何よりも好きなのだ。荒涼とした場所でひとり碑文を読んでいると、石のなかから人の声が響いてきて、何世紀もの時を越えて語りかけてくるような気がする、「おまえはひとりではない。かつて別の人間がこの同じ場所で、おまえと同じように感じ、おまえと同じように考え、おまえと同じように苦しんだこともあったのだ」と。もしその碑文が、今はもう地上から姿を消してしまった民族が残したものであれば、心は悠久の時の流れに誘《いざな》われ、国が滅び瓦礫と化してもなお失われずに残っている古人《いにしえびと》の言葉に、魂の不滅を感じずにはいられない。

私がポールとヴィルジニーの小さな旗竿に刻んだのは、ホラティウス[9]のこんな詩句だった。

汝《なんじ》らのごとくうるわしき双子星《ふたごぼし》が風の父とともに汝らの旅路をみちびき、やさしきそよ風のみを吹かしめんことを

ポールが時折その木陰に腰を下ろし、遠く波立つ海をじっと眺めていた照葉木《テリハボク》の幹には、ウェルギリウス[10]の一節。

我が子よ、野に住まう神々のほかに知らぬは幸いなるかな

---

9 前六五～前八。古代ローマの詩人。ローマ古典期の代表的詩人でウェルギリウスと並んで評価される。完璧な技巧と優雅な詩風で知られ、中・近世の西欧文学に影響を与えた。特にその『詩論』は、アリストテレスの『詩学』とともに近代まで作詩法の規範とされた。引用されているのは『頌歌《オード》』の一節。ただし正確な引用ではない。

10 前七〇～前一九。古代ローマ最大の叙事詩人。ホラティウスらとともにラテン文学の黄金時代を築いた。自然と信仰を歌い、ローマの世界支配の偉大さを明らかにした。遺稿として残された『アエネイス』はウェルギリウスの最大の作品であり、ラテン文学の最高傑作とされる。引用されているのはどちらも『農耕詩』の一節。ただし正確な引用ではない。

みんなが集う場所となっていたラ・トゥール夫人の小屋には、戸口の上にウェルギリウスの別の句を刻んだ。

ここにあるは正しき心、偽りを知らぬ生活

しかしヴィルジニーは、私のラテン語があまり気に入ってなかった。竹竿に彫ったのは長すぎるし難しすぎる、というのだ。

「あたし、《つねにざわめけども、つねに変わらず》っていうのがよかった」

「なるほど、その格言の方が女の人にはふさわしいね」

私がそう言うと、ヴィルジニーは頰を赤く染めた。

この幸福な家族は、思いやり深い心を、まわりにあるものすべてに向けていた。どんな取るに足らなく見えるものにも、愛情に満ちた名前を与えていた。ヴィルジニーとポールは、オレンジやバナナや蒲桃《フトモモ》で円形に囲まれた芝生へ行って一緒によく踊ったが、そこにつけられた名は《むつみの園》。ラ・トゥール夫人とマルグリットがその木陰で互いの不幸な身の上をはじめて語り合った老樹は《涙のおわり》。小麦や苺や豌豆《エンドウ》を植えた一画は、遠い故郷をしのんで《ブルターニュ》と《ノルマンディー》と名づけられた。ドマングとマリーも主人にならって、アフリカの生地を思い出すよすがにと、籠にする草が生えているところと瓢箪を植えたところを《アンゴラ》《フルポワント》と呼んだ。祖国を追われたこの家族は、故郷にゆかりのある植物を通してふるさとに思いを馳せ、遠い異国での悲しみをしずめようとしたのだった。ああ、あのころはここにある木も泉も岩も、何もかもが愛らしい呼び名をまとって、なんと生き生きと輝いていたことか。それが今では見る影もなく荒れはててしまった。もはやギリシアの野と変わるところはない。ただ崩れ落ちた廃墟と、思い出のなかの名前が残るばかりだ。

《ヴィルジニーのいこい》、地所でもっとも気持ちのいい場所は、そう名づけられていた。《友の訪《おとな》い》の岩の下のくぼみから澄んだ水があふれ出し、若草の野原に小さな泉を作っている。マルグリットがポールを産んだとき、私は人からもらったココヤシの実をお祝いに贈った。マルグリットはその実をこの泉のほとりに植えた。やがて芽生える木が、息子の誕生の記念になるようにと願ったからだ。ラ・トゥール夫人もそれにならって、ヴィルジニーを産むとすぐに同じ願いをこめてココヤシの実を植えた。やがて芽を出した二本のココヤシは、《ポールの木》《ヴィルジニーの木》と呼ばれ、家族の歩みを伝える唯一の記録となった。二本の木は子どもたちと一緒にすくすくと伸びていき、一二年が経つころには、高さに多少の違いはあるものの、どちらも小屋の屋根を越すまでになり、はやくも長い葉を絡み合わせ、たわわに実った若い房を澄んだ泉の上に垂らしていた。この場所には二本のココヤシのほかは何も植えず、自然に草が生えるままにしてあった。水に濡れた褐色の岩肌には蓬萊羊歯《ホウライシダ》が這って緑と黒の模様を広げ、小谷渡《コタニワタリ》が朱色の斑点のある細長い緑の葉をリボンのように垂らして風にそよいでいた。そばにはベニアラセイトウに似た花をつける日々草《ニチニチソウ》、紅珊瑚よりもつややかな鮮血色の実をつけるトウガラシ。少し離れたところで甘い香りをただよわせているのは、ハート形の葉をしたバルサム草、クローブのような匂いのするバジリコ。切り立った山肌には上から蔦葛《つたかずら》が帳《とばり》のように垂れて風に揺れ、断崖を一面の緑葉で覆っていた。このひっそりと静まった場所には、海鳥たちが夜のねぐらを求めてやってくる。日暮れ時になるとここから、大杓鷸《ダイシャクシギ》や小尾羽鷸《コオバシギ》が海岸に沿って飛んでいるのが目に入る。上空に目をうつすと、漆黒《しっこく》の軍艦鳥《グンカンドリ》と銀白の熱帯鳥《ネッタイチョウ》が、沈みゆく夕陽とともに、インド洋のさびしい海面から去っていくのが見える。

自然の手が素朴な美しさで飾った泉、ヴィルジニーはこの泉のほとりで憩《いこ》うのが好きだった。二本のココヤシの木陰で洗濯をすることもしばしばだった。ときには牝山羊を連れてくることもあった。搾った乳でチーズを作りながら、山羊が岩肌に生える小谷渡《コタニワタリ》を食べたり、突き出した岩の上にじっと佇《たたず》んだりする姿を楽しそうに眺めるのだった。ヴィルジニーがこの場所をとても気に入っているのを見て、ポールは近くの森からさまざまな種類の鳥の巣を持ってきた。すると雛を追って親鳥たちも移ってきて、ここに住みつくようになった。ヴィルジニーは折にふれて米やトウモロコシや黍を撒いてあげていた。澄んだ高い声で歌うツグミ、やさしくさえずる紅雀《ベニスズメ》、炎と見まごう真っ赤な羽の紅野路子《ベニノジコ》。ヴィルジニーが姿をあらわすだけで、鳥たちは藪《やぶ》からいっせいに飛び立って集まってくる。エメラルドのような深緑色をしたインコは近くのラタニアヤシから舞い下り、鷓鴣《シャコ》は草の上を走ってくる。鳥という鳥がまるで鶏のように押し合いへし合いしながら、少女の足元に群がる。ポールとヴィルジニーは、鳥たちが戯《たわむ》れたり、餌をついばんだり、仲むつまじくしたりしているのを、時の経つのも忘れて楽しむのだった。

いとしいふたりの子どもたち。おまえたちは汚れなき幼い日々のなかで、善き行いのみを積み重ねていた。幾たびとなく、ふたりの母はこの場所でおまえたちを腕に抱きしめ、天に感謝を捧げていた。わが子らが老後の慰めになってくれるといっては感謝を捧げ、人生の第一歩を幸先よく踏み出したのを見ては感謝を捧げていたのだ。幾たびとなく、私はあの岩陰でおまえたちの用意してくれた食事をごちそうになった。瓢箪《ひょうたん》を満たす山羊の乳、産みたての卵、バナナの葉に包まれた米の菓子、籠に山盛りの甘藷《カンショ》、マンゴー、オレンジ、ザクロ、蕃茘枝《バンレイシ》、パイナップル。生き物の命を奪わずに作られた食事は身体に良いばかりでなく、色とりどりの色彩と格別な味わいで目も舌も楽しませてくれた。

食卓での話題も、食事と同じように素朴でなごやかなものだった。ポールはいつも、その日にした仕事のことや、明日やるつもりの仕事のことを話した。どうすればみんなの役に立つか、それればかりを考えていた。このあたりの小径は歩きにくい。あの辺は座り心地が悪い。あそこの蔓棚はまだ若くて、あまり影を作らない。もう少ししたらヴィルジニーが気持ちよく過ごせる場所になるだろう。

雨が降りつづけるときには、主人も召使いも一緒に一日中小屋にこもり、草でむしろを編んだり、竹籠を作ったりして過ごした。小屋の壁には熊手や斧や鋤《すき》、農具の傍らには米袋、麦の束、バナナの房といった日々の汗の成果がきれいに並べられている。収穫物にはいつも細やかな心づかいが加えられた。ヴィルジニーはふたりの母に教わり、サトウキビを搾った汁にレモンやシトロンの果汁を混ぜて、爽やかな飲み物や強心薬を作った。

夜になると、ひとつランプを囲んでの食事。食事のあとはラ・トゥール夫人かマルグリットが何か物語をする。盗賊がひそむヨーロッパの森で夜道に迷ってしまった旅人の話、嵐に襲われ無人島の岩に打ち上げられた難破船の話、こういった話を聞くと、子どもたちの感じやすい心は昂ぶりを抑えられず、かわいそうな人に親切にしてあげられる日がいつかきますように、と天に祈るのだった。やがて夜も更けると、明日また会うのを楽しみにしながら、それぞれの小屋に別れて床につく。眠りにいざなうのは、ときには滝のように屋根を叩く雨の音、ときには風の音の底に聞こえる渚に砕ける波のざわめき。遠い彼方の危険を思うにつけて、わが身の安全を神に感謝しながら

深い眠りにつくのだった。

ラ・トゥール夫人は時折、聖書を開いて何か心を打つ物語を朗読することにしていた。この家族が聖書についてあれこれ理屈を考えることはまずなかった。一同にとって神に対する信仰は、自然に対する信仰と同じで、まったく感情の領域に属することだった。人としての正しい道は、福音書《ふくいんしょ》に語られているのと同じように、行動を通して実践するものだった。特別に日を定めなくても毎日が神をたたえる祭日で、特別に場所を定めなくてもまわりのものすべてが神をたたえる場、人間を慈しむ全知全能の神の御社《みやしろ》だった。こうやって至高の存在に己をすっかりゆだねることで、不幸に追い立てられて自然のふところに帰らざるをえなかったふたりの女性は、過去に対する慰めと、現在に対する勇気と、そして未来に対する希望とで心が満たされた。そして自然がさずけてくれるこのような心の平安を、自分たちのなかにも、子どもたちのなかにもはぐくんでいた。

しかし、どんなに澄んだ心にも、悩みの雲が湧きあがることはある。ときには家族の誰かが沈んだ様子をしていることがあった。するとみんなが集まってきて、なんとか悲しい思いを消してあげようとする。その際も理屈に訴えるのではなく、各々がそれぞれのやり方で悲しんでいる人の心に訴えるのだった。マルグリットは溌溂とした陽気さで、ラ・トゥール夫人はやさしい信仰で、ヴィルジニーはぬくもりのある愛撫で、そしてポールは誠実さと真心で。マリーとドマングも一緒になって慰める。このふたりは相手が悲しんでいるとともに悲しみ、涙を流しているとともに涙を流した。それは、か弱い木々が互いに枝葉を絡ませ、一体となって荒れ狂う暴風雨に抵抗するのと同じだった。

陽気のいい季節になると、日曜ごとに一家そろってパンプルムスの教会へ行った。向こうの平野に見える鐘楼《しょうろう》、あれがその教会だ。教会に集まる人々のなかには、駕《か》籠《ご》に乗ってやってくる金持ちの農園主もいた。仲むつまじいこの家族と近づきになろうと、何かにつけて招待するのだが、家族の方はその申し出をいつも丁重に断るのだった。勢力家がそうでない者に近づこうとするのは、ただ自分たちをちやほやする取り巻きが欲しいため。取り巻きになるということは、相手の心が良かろうが悪かろうが、それにへつらわなければならないということ。一家はこのように信じていたのだろう。避けていたのは大農園主とのつきあいばかりではない。こぢんまりした農園の地主とのつきあいもできるだけ避けていた。こういった連中はえてして嫉妬深く、人の陰口や悪口に花を咲かせ、粗野で下品だったからだろう。あまり人と交わろうとしないために、はじめのうちは、人見知りが激しい、とも、お高くとまっている、とも見られていた。しかしその控えめな物腰はどんなときでも礼儀正しく思いやりにあふれ、とくに貧しい境遇にいる人たちにはやさしかったので、いつしか金持ちからは敬意を払われ、貧しい人からは頼られるようになっていった。

ミサのあとにはたいてい、いろいろな世話を頼まれた。心配事のある人から相談を持ちかけられる。近くに住む子どもがやってきて、病気の母親の見舞いを頼む。よくある病気ならいつも持ち歩いている薬が効いた。そのうえ心をつくして面倒を見たのでとても感謝された。身寄りもなく病魔に蝕《むしば》まれ、苦悩に押しつぶされている人には、とりわけ親身に寄り添ってその心を癒やした。ラ・トゥール夫人が真心をこめて神のことを話す。病人はその言葉を聞きながら、自分のすぐ傍らに神がいるような気がするのだった。このような家庭を訪れたあとは、ヴィルジニーの目には涙が浮かんでいたが、心は喜びでいっぱいだった。善い行いをすることができたからだ。ヴィルジニーの役目は、病人に必要な薬をあらかじめ作っておくこと、そしてやさしいいたわりでそれを飲ませてあげることだった。

　こういった思いやり深い訪問の帰路、長尾根の谷間まで足を延ばして、私の家を訪れることもあった。私は近くを流れる小川のほとりで待ち、みんながやってくると昼食をふるまう。そんな折には、前もって古い葡萄酒を何本か手に入れておくことにしていた。いつものインド風の食事に、なつかしいヨーロッパの産物で彩りを添えようと思ったのだ。ときには海岸まで遠出をして、どこかちょっとした川——川といってもこの島にはそれほど大きなものはないが——の河口で落ち合うこともあった。自分の畑からは野の幸を持ち寄ることにしていた。それと並べるのが豊富な海の幸。ハゼにヒメジにタコやウニ、カニ、イセエビ、クルマエビ、そしてカキをはじめさまざまな貝、渚では実にたくさんのものが取れた。時々私たちはハマムラサキの葉叢が影を落とす岩場に座り、はるか沖合から寄せる大波が足元ですさまじい轟きをあげて砕けるのを眺めた。こういう恐ろしげな景色が、静かな楽しみを与えてくれることもよくあったのだ。魚のように泳ぎのうまいポールは、遠くの暗礁まで泳いでいって波を待ち、高い波がやってくると岸に向かって飛びこむ。白く逆巻く波が猛り狂った唸りをあげて迫る。逃げるポールを追って、砕けた波は砂浜のずっと奥まで白い水泡《みなわ》を延ばしてくる。ヴィルジニーはそのたびに悲鳴をあげ、そんな遊びは怖くて見てられない、と叫ぶのだった。

食事がすむと、若いふたりは歌ったり踊ったりした。大地は耕すだけであふれんばかりの恵みをさずけてくれる。それなのに、あくなき欲に突き動かされ荒れ狂う大海原へ乗り出す者たち。ヴィルジニーが好んで歌うのは、田園で暮らす幸福と、海に憑《つ》かれた者の不幸だった。ときには黒人たちを真似て、ポールと一緒にせりふのない無言劇を演じた。無言劇というのは、人間の最初の言葉だ。どんな民族にも知られている。素朴で容易に理解でき、黒人の子がやっているのを見れば、白人の子どもでもすぐにできるようになるのだ。

ヴィルジニーは、母親から読んでもらった物語のなかでもとくに心に残っているものを思い出して、その大筋を素直に演じた。まず、ドマングが叩くタムタムのリズムに合わせて、頭に甕《かめ》をのせたヴィルジニーが芝生にあらわれる。チッポラだ。少女は水を汲もうと、近くの泉へおずおずと進んでいく。しかし、ミデヤンの羊飼いに扮したドマングとマリーが、少女を泉に近づけまいと、力ずくで追い払おうとする。と、そこへポール演じるモーセが助けにやってきて、羊飼いを打ち払い、少女の甕に水を汲んでやる。ヴィルジニーの頭に甕をのせるとき、ポールは日々草《ニチニチソウ》の花冠《はなかんむり》も一緒にのせ、その紅《あか》い花が少女の肌の白さをいっそう引き立てる。そこで私がリウエルに扮して舞台にのぼり、娘のチッポラを、モーセに妻として与えるのだった[11]。

ある時はまた、ヴィルジニーは薄幸《はっこう》のルッにもなった。夫に先立たれた貧しいルツは故郷に戻るが、長いあいだ離れていた故郷には知る人もいない。ドマングとマリーは刈り入れ人に扮して麦を刈り、ヴィルジニーはその後について落ち穂を拾う。そこにポールがあらわれる。族長らしい威厳をたたえて身の上をたずねると、ヴィルジニーは震えながら答える。族長はすっかり同情の念にかられ、この罪もない不幸な女を家へ迎え入れてあたたかくもてなし、その前掛けを袋がわりにしていろいろな食べ物でいっぱいにしてやる。そして町の長老たちに見立てた私たちの前にルツを連れてくると、こう宣言する。この女は貧しいが自分の妻として迎える、と[12]。この場面を見たラ・トゥール夫人は、自分のこれまでの境遇を重ね合わせて涙をこぼさずにはいら

11　旧約聖書『出エジプト記』第二章一五～二二の場面。エジプトからミデヤンの地に逃亡したモーセが井戸の傍らに座っていると、その地の祭司の娘たちが父の羊の群れに飲ませようと水を汲んでいたが、羊飼いたちがきて娘たちを追い払った。モーセは立ち上がって娘たちを助け、その羊の群れに水を飲ませた。祭司リウエルは娘のひとりチッポラをモーセに与えた。

れなかった。血のつながった親戚から見捨てられたこと、夫に先立たれ寡婦《かふ》となったこと、マルグリットがやさしく迎え入れてくれたこと、そして今ではふたりの子どもの幸福な結婚という希望に照らされていること。不幸と幸福とがひとつになったこの思い出に、私たちはみんな悲しみと喜びが入り混じった涙を流したものだ。

ふたりの演じる無言劇は実に真に迫っていて、ともするとシリアかパレスチナの野辺にいるような気にさせられるほどだった。舞台装置、照明、伴奏、すべてがこの芝居にぴったりで、何ひとつ欠けるものはなかった。舞台がしつらえられるのは林のなかの開けた場所、そこからはいくつもの道がまっすぐに延びて、緑のトンネルを作っている。昼のあいだは青々とした梢が降りそそぐ日差しをさえぎっていたが、太陽が西の空に沈むころになると、斜めからの光線は木立に断ち切られていくつにも分かれ、薄暗い林のなかへ無数の光の束となってさしこみ、あたりを荘重な雰囲気で包みこむ。ときには、円い夕陽が木立のあいだをまっすぐ延びる道の先にあらわれ、きらめく光をその道いっぱいに敷きつめることもあった。葉叢は黄金色の光で下から照らされ、トパーズやエメラルドの色にぱっと燃え立つ。苔《こけ》むした褐色の幹の列は、一瞬のうちに古代の青銅の円柱と化したかのように見える。暗い葉陰にひきこもって夜を待っていた鳥たちは、思いがけない二度目の曙光《しょこう》に驚き、口々にさえずりながら、いっせいに太陽に挨拶をする。

こうした野遊びに夢中になっているあいだに日が落ちてしまうこともよくあった。しかし、空気は澄みわたり気候も穏やか、木の枝や葉で簡単な小屋を作って夜を過ごせばよかった。泥棒を心配する必要など少しもない。次の日、家に戻ってみると、何もかもが出てきたときのままだった。あのころはまだこの島には商業も広まっておらず、人の心は純朴で、たいていの家は戸締まりなどしていなかった。島生まれの者のなかには、錠前を見ても何のためのものなのかわからない者もいたほどだ。

一年のうちには、ポールとヴィルジニーにとって特別にうれしい日があった。それ

12　旧約聖書『ルツ記』より。ただしヴィルジニーが演じる無言劇は、聖書の物語を大きく簡略化している。モアブの地の女ルツは、夫の死後も義母ナオミのもとを離れず、義母とともに夫の一族の地であるベツレヘムに帰る。ベツレヘムの習慣と信仰を受け入れる決心をしたルツは、生活のために畑で落ち穂拾いをすることにしたが、そこはたまたま裕福な親戚ボアズ所有の畑であった。ボアズはルツに好意を示して厚遇し、充分な食物を与え、麦も意図的に多く落としておいた。ボアズは町の長老たちの前で、親族としての責任をはたすためにルツを正式な妻として迎え入れることを宣言する。

は母親ふたりの誕生日や守護聖人の日といったお祝いの日だ。そういった日の前日、ヴィルジニーは必ず小麦粉をこねて菓子をいくつも焼く。それを贈る相手は、貧しい白人の家族たちだ。島で生まれ、ヨーロッパ風のパンなど口にしたこともない人たちで、黒人の召使いも持たず、森のなかに住み、奴隷が食べるキャッサバ[13]を常食にしている。みじめな暮らしを耐えようにも、奴隷のようには心が鈍麻《どんま》してもおらず、かといって教育に裏打ちされた前向きな意欲も持ち合わせていない。小麦粉で作った菓子は、家にあるものを使ってできる精一杯の贈りものだったが、菓子にはヴィルジニーの細やかな心づかいが添えられてあり、貧しい人たちにとってはこのうえなくありがたいものだった。最初にポールがそれぞれの家族に菓子を届け、渡すときに、翌日ラ・トゥール夫人とマルグリットのところに遊びにくる約束を取りつける。次の日になると、母親が娘を二、三人連れてやってくる。娘たちはみすぼらしい恰好で、痩せ細って顔色も悪く、おどおどして顔をあげることもできない。しかしヴィルジニーはすぐにその緊張をほぐした。冷たい飲み物をいろいろすすめながら、もっと美味しく感じるようにと、それぞれの飲み物がどうやってできたのか教えてあげるのだ。これを作ったのは兄さんのお母さん。こっちのはあたしのお母さん。入ってる果物は兄さんが高い枝に登って取ってきてくれたのよ。どうやってできたか知っている方が味わいが深くなる、というのがヴィルジニーの考えだった。

ヴィルジニーは、ポールに娘たちと踊るようにすすめたりもする。遊びにきた娘たちが心の底から満足するまで、どうあっても帰そうとはしなかった。自分たちと一緒に楽しい時を過ごすことで、幸せいっぱいの気持ちになってもらいたかった。「自分が幸福になろうと思ったら、まず他の人を幸福にしないと」というのがヴィルジニーの口癖だった。いよいよ娘たちが帰る段になると、気に入った素振りをみせていたものをおぼえていて、それを持っていくようすすめた。その時も、相手が断ることがないよう、これは初物《はつもの》だから、これは珍しいものだから、といろいろ理由をつけて持たせるのだった。衣服がひどく傷《いた》んでいるのを目にとめると、母親の許しを得たうえで自分の服をいくつか選び、ポールに頼んでそれを娘たちの小屋の戸口にこっそり置いてきてもらった。こうしてヴィルジニーは神に倣《なら》って、なにか善いことをするにも自分の姿はなるべく表に出さず、ただその行いだけを示そうとするのだった。

13　中南米原産のイモ類。ラ・ブルドネ総督によって奴隷の食料とするため島に導入された。

あなた方ヨーロッパの人たちは、幸福に背を向けた歪んだ見方を子どものうちから頭に詰めこんでいる。おそらくは、自然がこれほどの知恵と喜びを与えてくれるなどとは考えもしないだろう。あなた方の魂は、人間の知識の及ぶせまい範囲に閉じ込められたまま、人為的な楽しみばかりを追い求めるが、そんな喜びはすぐに底が尽きてしまう。しかし自然のうちや人の心のなかには無尽蔵の宝が宿っているのだ。ポールとヴィルジニーは時計も持っていなかった。年代記も歴史書も哲学の本も持っていなかった。ふたりの暮らしを区切るのは、自然のうつろいだった。樹木の影の長さで時を知り、花や果実で四季を知る。収穫の回数で年を数える。うつりかわる自然のなごやかな情景が言葉のはしばしに染みこみ、何気ない会話を実に感じのよいものにしていた。「お昼にしましょ、バナナの影が根元まで縮こまってるわ」、「もうすぐ夜ね、羅望子《タマリンド》の葉っぱが閉じてるもの」、ヴィルジニーはこんな風に言うのだった。近くに住む友だちから「こんどはいつ遊びにきてくれる?」とたずねられると、返事は「サトウキビの採れるころに」、すると友だちは「それならいっそう楽しみだわ」と返す。自分やポールの年齢を聞かれると、「兄さんは泉に生えてる大きい方のココヤシと同じ年。あたしは小さい方と同じ。あたしが生まれてから、マンゴーは一二回実がなったわ。オレンジの花が咲いたのは二四回よ」。ふたりの日々は草木と固く結ばれているように見えた、ちょうど牧神《パン》や森の精《ドリアード》のように。歴史といえば母たちの生涯しか知らず、年ごとの出来事といえば毎年の果樹のできしか知らない。哲学で知っているのは、すべての人に善い行いをすること、神の思し召しに従うこと、それだけだった。

結局のところ、この若いふたりにとっては、ふつうの人のように金持ちになったり、もの知りになったりする必要がどこにあっただろうか。生活が楽でないことも、学問に不案内なことも、かえってふたりの幸福を深めるばかりだった。日々の暮らしのなかでふたりは互いに助け合い、知恵を伝え合っていた。そう、知恵を。たとえそこに多少の間違いが混じっていても、心の澄んだ者は心配するほど危険な過ちを犯すことはない。ふたりの自然児はこうして成長していったのだ。気苦労のために額に皺が刻まれることもなく、放縦《ほうじゅう》のために血が濁ることもなく、満たされぬ欲望に心が荒《すさ》むこともない。愛情と純真と敬虔が日ごとにふたりの美しい魂をはぐくんでいき、そのえもいわれぬ気品が顔立ちにも物腰にも振舞いにもにじみ出ていた。人生の曙にあたって、ふたりははじまりの日々のみずみずしさにあふれていた。エデンの園に神の手を離れたばかりのわれわれの祖先が姿をあらわしたとき、ふたりは互いを見て近づき、まずは兄と妹として語り合ったという。ポールとヴィルジニーを見ているとそのことが思い起こされた。ヴィルジニーはイヴのようにやさしく、つつましく、素直だった。ポールはアダムのように、一人前の大人の体格と、子どもらしい素朴さを兼ね備えていた。

仕事から戻ってきたポールは、時々ヴィルジニーとふたりきりになった。そんな時にどんな会話があったのか、のちにポールは何度となく私に話してくれた。

「ぼく、どんなに疲れてても、きみを見ると元気になるんだよ。山の上から見下ろすだろ、そして谷間にきみがいるとね、すぐにわかるんだ。青々とした果樹園のまんなかに、ぽつんと赤い薔薇《バラ》のつぼみが咲いてるみたいなんだもの。きみが小屋の方へ歩いてく姿って、本当にかわいらしいんだ。ヤマウズラが雛の方へちょこちょこ駆けていくだろ、あれよりもずっとかわいいんだから。木立のせいで姿を見失っちゃうときもあるけど、どこにいるか探さなくったって大丈夫。きみがいたところには、空気のなかとか草の上とかに何かが、うまく言えないんだけど、きみの一部みたいなものが残っているんだ。きみに近づくとね、なんだかぽうっとした気持ちになってくる。青空よりも、きみの目の方がずっときれいな青色をしてる。紅雀《ベニスズメ》の歌よりも、きみの声のほうがずっとやさしい響きをしてる。きみの指先にちょっと触っただけで、うれしくて身体中がぞくぞくするんだ。おぼえてる？　トロワ・マメル山のとこで、岩だらけの川を渡ったときのこと。川岸に着いたとき、本当はくたくたに疲れてたんだよ。でもね、きみをおんぶしたとたんに、なんだか背中に羽が生えたみたいに身体が軽くなった。ねえ、きみの何がこんなにうっとりさせるんだろう。いろんなことを教えてくれるから？　でも母さんたちの方がもっともの知りだし。キスしたり抱きしめたりしてくれるから？　でも母さんたちの方がもっとたくさん抱きしめてくれるし。ぼく思うんだ、それはきっときみがやさしいからだ、って。奴隷の女の人が逃げてきたとき、ノワール川まで裸足で歩いていって、主人にどうか赦してあげてくださいって頼んであげたよね。あのときのこと、ずっと忘れないよ。そうだ、これあげる。レモンの花。森で花の咲いてる枝を折ってきたんだ。寝るときに枕元に置いとくといいよ。それからこれ、食べてごらん、蜂蜜がいっぱい詰まってるから。岩の上にあった蜂の巣を取ってきたんだ。でもその前に、ちょっとだけぎゅって抱きしめてもいい？　そうすれば、疲れもすっかり消えちゃうから」

「あたしはね、夜が明けてあの岩山の上から朝日が差してくるのを見てるより、兄さんと一緒にいるときの方がずっと楽しい。あたし、お母さんたちが好き。でもね、お母さんたちが〝かわいいポール〟って呼んでるときには、いつもよりもっと好きになる。兄さんが抱きしめられたりキスしてもらったりしてるのを見てると、あたし、自分がしてもらってるのよりずっとうれしくなる。兄さんは、どうしてあたしのことが好きなんだろう、って言ったけど、一緒に大きくなったもの同士は自然に好きになるものなのよ。うちの小鳥を見ればわかる。あの子たち、おんなじ巣で大きくなったでしょ。みんな仲よしで、いつでも一緒にいるわ、あたしたちみたいに。ほら、聞こえる？　あちこちの木から呼び交わして、返事してる。あたしもあの小鳥とおなじことしてるのよ。兄さん、山の上で笛を吹くでしょ。そのこだまに答えて、この谷間で歌ってるの。あたし、兄さんがいとしくてたまらない。とくにね、あたしのためにあの意地悪な主人と喧嘩してやる、って言ってくれた日から。あのときのことを考えるたびに思うの、兄さんは本当にやさしい、兄さんがいてくれなかったら、きっと恐ろしくて死んでしまってたかもしれない、って。あたし、毎日神さまにお祈りしてるの。

ふたりのお母さん、兄さん、そしてドマングとマリーのために。でもね、兄さんの名前を口にするときには、なんだかお祈りにもいっそう心がこもるみたいな気がして、兄さんに何ひとついやなことが起きませんように、って一生懸命お願いするのよ。どうして兄さんはいつも、あんな遠いところまで行ったり、高いところへのぼったりして、あたしにお花とか果物とかを取ってきてくれるの？　うちの庭にもたくさんあるのに。こんなに疲れて、汗びっしょりじゃないの」

そう言いながらヴィルジニーは、白い小さなハンカチでポールの額や頬の汗をぬぐい、何度もキスをするのだった。

ところが、このごろになり、ヴィルジニーは何となく気分がすぐれなくなっていた。青い瞳には暗い影が差し、顔色が悪い。身体がだるく、力が入らない。晴れやかだった額も曇り、唇からはほほえみが消えた。嬉しくもないのに急に陽気になったかと思うと、悲しくもないのにふさぎこむ。無邪気に興じていた遊びにも、心をこめてやっていた仕事にももう気乗りがせず、最愛の家族との団欒も避けるようになっていた。地所のなかでもさびしいところばかりをさまよい歩き、ざわつく心を静めようとするが、それもかなわない。ときにはポールの姿を目にとめ、はしゃぎながら駈けよっていく。けれども、そばまでくるとぴたっと足を止めてもじもじし、青白い頬を真っ赤に染めたまま、ポールの顔をまともに見ることもできないでいる。

「ねえ、ヴィルジニー、山もすっかり緑であふれてるし、小鳥もきみを見て歌ってる。みんな楽しそうにしてるのに、どうしてひとりだけ悲しそうにしてるんだい？」

ポールはそう言って、抱きしめて元気づけてあげようとするのだが、ヴィルジニーは顔をそむけ、震えながら母親のもとへ逃げていく。ポールには、これまで見たことのないこの奇妙な気まぐれがまったく腑《ふ》に落ちなかった。

よくないことは、えてして重なるものである。その年は、熱帯地方を何年かおきに襲う炎夏が猛威をふるった。一二月の末、磨羯《まかつ》宮に入った太陽は、三週間のあいだ燃えさかる日差しでフランス島に照りつけた。一年を通して吹く南東の貿易風もぱったりとやみ、道から立ちのぼった砂埃《すなほこり》はいつまでもゆらゆらと宙に渦巻いていた。大地はひび割れ、草は焼け焦げた。山肌からはむっとする熱気が吹き出し、ほとんどの小川は干上がった。海からは一片の雲さえ流れてこない。日中は赤茶けた靄《もや》が平地にたちこめ、日没にはそれが野焼きの紅蓮《ぐれん》の炎のように見えた。夜になっても、火照った大気は一向に涼しくならない。真紅の月が、霞《かすみ》がかった地平線に異様な大きさで丸くのぼる。家畜の群れは山腹にぐったりと横たわったまま、首を空にもたげて喘《あえ》ぎながら、悲しげなうめきを谷間に響かせる。家畜の番をする黒人も涼を求めて横になるが、地面には熱がこもり、重苦しい空気のなかには人間や動物の血で渇きを癒やそうと狙う虫の羽音が充満している。

そんな寝苦しいある夜、ヴィルジニーはいつにもまして気分がすっきりしなかった。起き上がってみても、椅子に座ってみても、また横になってみても、まんじりともできない。そこでそっと小屋を抜け出し、月明かりだけを頼りに例の泉へと足を向けた。水はこの旱魃《かんばつ》でも涸れていない。暗い岩肌を幾筋もの銀色の糸となって流れ落ちている。ヴィルジニーは泉に身を浸した。ひんやりとした水に、よみがえる心地がする。と、楽しい思い出が次々にとめどなく胸に湧きあがってきた。幼いころ、母とマルグリットが楽しそうに、自分とポールをこの泉で一緒に沐浴《もくよく》させたこと。やがてポールがここをヴィルジニーの場所と決め、泉の底を掘り下げて砂を敷きつめたり、ほとりに香りのいい草を植えたりしてくれたこと。ヴィルジニーのあらわな腕や胸を浸してゆらめく水の面《おもて》には、二本のココヤシがうつっている。ポールと自分が生まれた時に植えられたココヤシ。頭の上では、二本の木が青々とした細長い葉や若い実を互い

に絡ませている。ヴィルジニーはポールを思った。花の香りよりもかぐわしく、泉の水より清らかで、絡み合ったこの木よりも固く結ばれたふたりの絆《きずな》。ヴィルジニーはため息をついた。そしてこの夜のことを考え、この孤独のことを考えると、火のように燃える思いが胸を焦がした。と、黒々とした影が押し寄せてくるような、泉の水が熱帯の太陽よりも熱くなるような気がしてにわかに恐ろしくなり、急いで水からあがって、母のもとへ走って帰る。崩れ落ちそうになる自分を支えてもらいたかった。ヴィルジニーは自分の苦しみを訴えようと、幾度となく母の手を握りしめる。ポールの名前を幾度となく口にしかける。けれどもそのたびに胸が締めつけられて何も言えなくなり、ただ母の胸に顔をうずめて涙を流すばかりだった。

ラ・トゥール夫人には、娘が何に苦しんでいるのかわかっていた。しかしそれを自分の口から娘に言うことはできなかった。

「ヴィルジニー、神さまにおすがりなさい。わたしたちの命も健康も、みんな神さまの御心《みこころ》のままなんですから。今日は試練をお与えになっても、明日には何倍もの恵みをもって報いてくださるわ。忘れてはだめよ、この世のつとめとは、心をつくして正しい道をすすむこと」

やがて連日の酷暑に熱せられた大洋の水は、蒸気となって立ちのぼり、途方もなく大きな傘のように島全体をすっぽりと覆った。それは山の頂でひときわ黒々と集まり、雲にけぶる峰々のあいだを切り裂いて時折まばゆい閃光を走らせていた。と、そのうちに不気味な雷鳴が轟き渡り、森といわず、野といわず、谷といわず震撼させる。激しい雨が滝のように大地に襲いかかる。まわりの山からは雨水が逆巻く奔流となって流れ落ち、この盆地の底はたちまちのうちに海と化した。小屋の立っている台地だけが孤島のように残されている。盆地の入り口はさながら巨大な水門、怒号をあげる濁流がすさまじい勢いで流れ出し、土砂も立木も岩石もまとめて飲みこんだまま、平野へと突進していく。

家族はラ・トゥール夫人の小屋に集まり、震える身を寄せ合って神に祈っていた。吹きつける風に屋根が恐ろしい音をたてて軋《きし》む。扉も板戸も固く閉ざしていたが、稲光が矢つぎばやに閃き、板の合わせ目からは、嵐に翻弄される外の様子がありありと見える。ポールは荒れ狂う嵐にひるむことなく、ドマングを連れて小屋から小屋へ走り回っては、壁を支柱で補強したり、杭を打ち込んだりと忙しい。みんなのもとへ戻ってくるのは、もうじき嵐はおさまるから、と安心させるためで、すぐにまた仕事に戻っていく。ポールの言葉通り、夕方ごろには雨がやんだ。南東の貿易風がいつものように吹きはじめ、黒雲は北西へと遠ざかっていった。夕陽が水平線に姿をあらわした。

嵐がおさまると、ヴィルジニーはまず、あの泉がどうなったのか見に行きたいと言った。ポールは腕を貸そうとおずおずと近づいた。足元が悪いので助けようと思ったのだ。ヴィルジニーはにっこりほほえんでその腕につかまり、ふたりは並んで小屋を出た。空気はさわやかに澄み切っている。山に目をやると、尾根から白い靄が立ちのぼっているのが見える。山肌のあちこちに筋が刻まれているのは流れ落ちる雨水の激しい奔流にえぐられた跡、その水も今ではちろちろと細く流れるだけになっている。濁流に飲みこまれた盆地は無残な姿だった。なぎ倒され根こぎにされた果樹。土砂に厚く覆われた草地。ヴィルジニーの泉も埋まっていた。二本のココヤシだけはまっすぐに立ったままあざやかな緑を見せていたが、そのまわりにはもう芝生もなく、蔓棚もない。あれだけいた小鳥も姿を消していた。ただ二、三羽の紅雀《ベニスズメ》が近くの岩にとまって、いなくなってしまった雛鳥を悲しげな声で嘆くばかりだった。

この荒れはてた光景を見てヴィルジニーは口を開いた。

「せっかく小鳥を連れてきてくれたのに、みんな嵐で死んでしまった。せっかく泉のまわりをきれいにしてくれたのに、跡形もなくなってしまった。地上にあるものは何もかも消え失せてしまう。天にあるものだけなのね、決して変わることがないのは」

それを聞いてポールは言った。

「天にある変わらないもの、何かあげられればいいんだけど。でも何ひとつ持ってない。この地上にだって、ぼくのものなんて何もないんだから」

するとヴィルジニーは顔を赤くしながらつぶやいた。

「……聖パウロのお姿を持ってるわ」

すぐにポールは、ヴィルジニーが言ったものを取りに小屋へ駆け戻った。それは隠者聖パウロ[14]の小さな肖像画が入ったペンダントだった。信心深いマルグリットはその肖像画をとても大事にしていて、少女のころからずっと肌身離さず首からさげていたが、やがて母になると息子の首にそれをかけてやったのだった。道ならぬ子を宿し、世間から見捨てられてからというもの、マルグリットは折にふれこの聖パウロの肖像を見つめていたために、生まれた子にはどこかその面影が宿っていた。そのためにわが子に聖パウロの名をつけて守護聖人としたのだ。マルグリットをさんざんもてあそんだ挙げ句に捨てた世間、聖パウロはその世間から遠く離れて孤独な生涯を送ったのだった。

ヴィルジニーはこのペンダントをポールの手から受け取ると、感動に震える声で言った。

「兄さん、あたし一生これを身につけてる、ぜったいに外したりしない。兄さんはこの世でたったひとつの持ち物をあたしにくれた。そのことをずっと忘れない」

久しぶりに聞く深い愛情のこもった言葉、久しぶりに示してくれる打ちとけたやさしい様子、ポールはすっかりうれしくなって、ヴィルジニーを抱きしめようとした。しかしヴィルジニーは小鳥のような軽やかさでその腕をすり抜け、逃げていってしまった。ひとり残されたポールは、幼なじみのこの奇妙な振舞いが何のことかさっぱりわからず、茫然と立ちつくしていた。

14　テーベのパウロ（二三〇頃～三五〇頃）。エジプトのテーベの富裕な家庭に生まれるが、デキウス帝（在位二四九～二五一）による迫害のとき荒野に逃れ、キリスト教最初の隠者となる。以後約一〇〇年にわたり岩窟のなかで祈りと懺悔の生活をつづけ、多くの人に大きな感化を与えたとされる。「パウロ」のフランス語読みが「ポール」。

一方マルグリットは、ラ・トゥール夫人にこう言っていた。

「あの子たち、結婚させてやったらどうかしら。ふたりともあんなに愛し合ってるんだもの。ポールはまだ自分の気持ちに気づいてないようだけど、でもそういう時期がきたら、わたしたち親がどんなに気をつけてても だめ。どうにもならないわ」

ラ・トゥール夫人はそれに答えて言った。

「でも、ふたりとも若すぎやしませんこと？　それに貯えもないですし。どうします？　ヴィルジニーに次から次へ子どもができたら。とても育てるだけの力はないでしょうし、生まれてくる子があまりにかわいそうですわ。ドマングはもうだいぶ年、マリーもこのごろはすっかり元気がありません。この島へきて一五年、わたしもすっかり身体が弱ってしまいました。暑い国では年をとるのが早いといいますけど、苦労を重ねるとなおさら老《ふ》けこむのが早いのでしょうね。わたしたちの頼りはポールだけ。あの子が一人前になってみんなを養えるようになるまで、もう少し待ちませんこと？今はまだ、その日その日をどうにか暮らしていくだけで手一杯。少しのあいだポールをインドにやって、商売をさせたらどうでしょう。奴隷を何人か手に入れるくらいのお金を作って戻ってきたら、ヴィルジニーと一緒にしましょう。あの子を幸せにしてやれるのは、ポールのほかには誰もいないんですから。どうかしら、長尾根のおじさんにも相談してみましょうよ」

　ふたりは私のもとへ相談にやってきた。私もふたりの考えに賛成だった。

「インドのあたりは海も穏やかだし、季節を選べば、六週間もあれば渡れるだろうね。帰りも同じくらい。このあたりにあるものをポールに持たせればいいだろう。あの子のためなら一肌脱いでやろうという人は何人もいるだろうから、簡単に集まるのではないかな。生綿《きわた》なんぞこのあたりだと綿繰《わたく》り水車がないから何の使い途もないし、黒檀《コクタン》の木もどこにでもあるから薪《たきぎ》ぐらいにしかならない。松脂《まつやに》など誰も見向きもせず森に放っておかれるままになっている。だが、ここではまったく役に立たないものでも、インドに持っていけばかなりの値《ね》になるからね」

　私は、ラ・ブルドネ総督にポールの乗船許可を願い出る役を引き受けた。その前にまずはポールに話しておこう。しかし驚いたことに、私の話を聞いたポールは、子どもとは思えない実にまっとうな考えを理路整然と述べたのだった。

「どうしてなんです？　そんなあてにならない金儲けのために、みんなと別れて旅に出ろ、なんて。何よりもいちばん確実な仕事は、畑仕事じゃないですか。ひとつのものを五〇にも一〇〇にもできるんだから。もし商売をしようと思ったら、わざわざインドまで行かなくたって、うちで余ったものを町に持っていけばいいでしょう。母さんたちは、ドマングがもう年で身体が動かない、なんて言ってるけど、かわりにぼくがいます。ぼくは若いし、どんどん力も強くなっていきますよ。それに、ぼくがいないあいだに何かあったら。とくにヴィルジニーは今でも具合が悪いのに。ぜったいいやです。みんなと別れて旅に出る気になんかなれません」

私は困ってしまった。ラ・トゥール夫人からは、ヴィルジニーの様子を聞かされたうえで、若いふたりを二、三年引き離しておいて一人前になるのを待ちたい、という気持ちを打ち明けられていたからだ。けれどもそんな理由はまちがってもポールに感づかれてはならない。

そこへ舞い込んできた一通の手紙。フランスから到着した船が、ラ・トゥール夫人のもとへ伯母からの手紙を届けたのだった。死の恐怖に捉えられると、頑《かたく》なな心も情にめざめるものだ。大病を患《わずら》った伯母は、一命はとりとめたものの病後がはかばかしくなく、年のせいで回復もおぼつかなかった。余命いくばくもないことを感じ取った伯母は姪に、フランスへ戻ってきてもらいたい、身体が思わしくなくてそんな長旅ができないのであれば、せめてヴィルジニーだけでもこちらに寄こすように、と書き送った。ヴィルジニーがくれば、きちんとした教育も受けさせてやるし、宮廷でしかるべき結婚相手を世話してやる。財産もみんな譲ってやる。自分の言うままにすれば、昔のような温情をかけてやろう。

この手紙が読みあげられると、誰もが事の意外さに茫然とした。ドマングとマリーは泣き出した。ポールは驚きのあまり身動きもできないでいたが、今にも怒りを爆発させそうな様子だった。ヴィルジニーは母親をじっと見つめたまま、ひとことも口をきかない。ようやくマルグリットがラ・トゥール夫人にたずねた。

「じゃあ、わたしたちと別れて、フランスへ戻ってしまうの？」

「いいえ、とんでもない。みなさんとお別れするつもりなんてありません。これまでずっと一緒に暮らしてきたのです。わたしはここで一生を終えます。わたしが幸福になれたのは、みなさんのやさしさのおかげ。今はこうして身体の具合を悪くしていますが、それは昔の悲しみのせい、血を分けた親戚からはつらい仕打ちを受け、愛する夫とは早くに死に別れ、すっかり心臓が弱ってしまったのです。けれどもここでみなさんと暮らすようになってからは、本当にたくさんの慰めと幸福を味わってきました。国にいたころは、財産があれば幸せになれるだろう、なんて考えていましたが、この質素な小屋にはそれとは比べものにならないほどの幸せがあったのですわ」

　これを聞いて、一同はうれし涙を流した。ポールはラ・トゥール夫人を抱きしめた。

「ぼくもぜったい別れないからね。インドなんか行かない。みんなで母さんのために働くよ。ぼくたちと一緒にいれば何も心配いらないよ」

　けれども誰よりも喜んでいたのはヴィルジニーだった。うれしさをはっきり表にあらわすことはないが、その日は一日中機嫌がよかった。あの子が以前のように穏やかな様子になったのを見て、誰もが心から喜んだ。

　ところが翌日、いつものようにそろって朝食前のお祈りをしていると、ドマングが入ってきて、馬に乗った紳士がふたりの奴隷をしたがえてこちらへ向かっている、と知らせた。それはラ・ブルドネ氏だった。総督が小屋に入ってきたのは、ヴィルジニーが食卓のみんなに煮た米とコーヒーを出し終わった時だった。島でよく見るこの朝食には、あたたかい甘藷と取ったばかりのバナナが添えてあった。皿は半分に割った瓢簞、テーブルクロス代わりにバナナの葉。総督ははじめ、このわび住まいのありさまに驚いた風だった。が、すぐにラ・トゥール夫人に話しかけ、公務に追われてなかなかひとりひとりの住人のことを考える暇はないが、夫人のことはいつも気にかけていた、と切り出すと、こう言った。

「あなたにはパリに身分の高い裕福な伯母さまがおられる。その伯母さまが、あなたのお帰りになるのを待っていらっしゃいます。財産をお譲りになるおつもりなんです」

ラ・トゥール夫人がそれに答えて、身体の具合が悪いのでとてもそんな長旅はできない、と言うと、ラ・ブルドネ氏は言葉をつづけた。

「しかし、若くてこんなにかわいらしいお嬢さんに莫大な遺産を相続させてあげないというのは、あまりにかわいそうですよ。包み隠さず申しますと、伯母さまはお嬢さんを呼び寄せるために当局に訴えましてね、私のところにも本省から、必要とあらば権力を行使せよ、との通達がきています。しかしこの島の人たちを幸福にするのが私の職務ですから、権力によって無理にどうこうしようとは思いません。二、三年の辛抱をご承諾なさるかどうかはあなたのお考えにお任せしますが、お嬢さんの将来も、あなたの暮らしの安定も、そのたった二、三年の辛抱にかかっていることをお忘れにならないように。人が祖国を遠く離れ、植民地の島までやってくるのはいったい何のためです？　ひと財産作るためではありませんか。それなのに祖国で財産が手に入ることになってるなんて、これに越したことはないと思いますよ」

　こう話すと、総督は食卓の上に、奴隷が運んできた大きな袋を置いた。中には銀貨がぎっしりと詰まっていた。

「伯母さまからです。お嬢さんの旅行の準備費用にと」

　それから総督は、どうして困っているとき自分を頼ってこなかったのか、とラ・トゥール夫人をやさしく責めながら、その健気《けなげ》な心がけを褒めた。と、ポールが割って入った。

「母さんは総督に会いに行きましたよ。それなのに何もしてくれなかったじゃないですか」

　ラ・ブルドネ氏はラ・トゥール夫人にたずねた。

「もうひとりお子さんがいらっしゃるんですか」

「いいえ、ポールはお友だちの息子ですわ。わたしたちはお互い、ポールもヴィルジニーも自分の子どもとして区別なくかわいがっているんです」

総督はポールに言った。

「いいかね、きみも大きくなって世間を知るようになればわかるよ、上に立つ者の不幸というのがどんなものなのかが。誤った先入観をどれほど簡単に植えつけられてしまうことか。腹黒い悪巧みと隠れた美点を、どれほどあっけなく取り違えてしまうことか」

ラ・ブルドネ氏はすすめられるまま夫人と並んで食卓につき、煮た米をコーヒーと混ぜた島風の朝食をとった。小さいながらもきちんと片づき、掃除の行き届いた小屋。二組の家族のむつまじさ。かいがいしく働くふたりの老召使い。すっかり感心した総督は言った。

「この小屋には木でできたものしかありませんが、みなさんのお顔は澄んだ輝きに満ちていますし、お心は黄金のように美しいですね」

ポールは総督の気さくさがうれしかった。

「総督っていい人なんですね。友だちになりたいなあ」

ラ・ブルドネ氏は、このいかにも島育ちの少年らしい率直な好意を喜んで受け入れ、ポールの手を握って抱擁を交わすと、いつでも力になってあげよう、と言った。

食事のあと、総督はラ・トゥール夫人を片隅に呼んだ。そして、まもなく船がフランスへ向けて出帆するからヴィルジニーを送るにはちょうどよい機会であること、その船には自分の親戚の女性が乗っているので世話を頼んであげられること、わずか数年の辛抱を拒んで莫大な財産をみすみす失うようなまねをしてはならないことを言い聞かせ、帰りぎわにはこうつけ加えた。

「伯母さまはこの先二年とはもたないでしょう。友人の方々が私にそう言って寄こしました。よくお考えになることです。こんな幸運はめったにあるものではありません。どなたにご相談になっても、多少とも常識がある人なら誰でも私と同じ意見でしょう」

ラ・トゥール夫人の答えは、今のわたしには娘の幸福のほかには何の望みもありません、今度のフランス行きも本人の気持ちにすべて任せるつもりです、というものだった。

もっとも、ラ・トゥール夫人にとってこれは願ってもない話だった。少しのあいだヴィルジニーとポールを離しておきつつ、将来はふたりとも幸せにしてやれる機会が訪れたのだ。夫人は娘を脇に呼んでふたりきりになると言った。

「ねえ、ヴィルジニー、ドマングもマリーももう年寄りになってしまった。ポールはまだずいぶん若いし、マルグリットはすっかり年をとったし、わたしもこのごろでは身体がきかなくなっている。もしわたしに万一のことがあったら、あなたはどうなってしまうのかしら。財産もなくて、こんな人里離れた土地に残されて。そうしたらひとりぼっちなのよ、何かのときに力になってくれるような後ろ盾もない。そして生きていくためには、くる日もくる日も野良仕事をしなければならなくなってしまう。日雇い暮らしをするようなものだわ。それを思うと心配で心配でたまらなくなるのよ」

「神さまはあたしたち人間を、働くようにお定めになったのよ。お母さん、教えてくれたじゃない、日々働いて、日々神さまに感謝するようにって。今まで神さまはあたしたちをお見捨てにならなかったんですもの、これから先もお見捨てにはならないわ。不幸な人こそ神さまに見守られている、お母さん何度もそう言ってたじゃない。あたし、お母さんと別れてフランスに行く気になんかなれない」

ラ・トゥール夫人は娘の言葉に感動して言った。

「わたしがいつも考えてるのは、あなたを幸せにしてあげること、そしていつかポールと結婚させてあげること——ポールは血のつながった兄さんではないのだから一緒になれるのよ。だからよく考えてちょうだいね。この先ポールが不自由なく暮らせるかどうかは、あなた次第なの」

恋する娘というのは、自分の恋心は誰にも知られていないと思っている。心を隠しているヴェールがその目まで覆ってしまっているのだ。けれども、そのヴェールがひとたび親しい人の手によって上げられると、秘めていた恋の苦しみが堰《せき》を切ったようにどっとあふれ出て、それまでは誰にも知られぬようにと胸の奥に押さえ込んできたのに、今度は心の底まで打ち明けずにはいられなくなる。ヴィルジニーは母親のやさしい思いやりがあらためて胸に染みいり、これまで神さまだけしか知らなかった心の葛藤を切々と語った。そしてさらに言うのだった。あたしの恋をみとめてくれたうえに、これからのことまで考えてくれて、お母さんはなんてやさしいのかしら。きっと神さまが手をさしのべてくださったんだわ。あたしの頼みはお母さんだけ、もう何があってもそばから離れるつもりはありません。お母さんと一緒なら、現在のことも、これからのことも心配しなくていいんだもの。

ラ・トゥール夫人は、自分の話がかえって期待とは逆の結果を生んでしまったのを知り、ヴィルジニーに言った。

「いいこと、わたしはあなたが嫌がることを無理にさせるつもりはありません。心の思うままにすればいいのよ。でもねヴィルジニー、ポールには気持ちを打ち明けないように。男の人っていうのは、恋人の心を手に入れてしまうと、もう見向きもしなくなるものですからね」

その日の夕方、夫人とヴィルジニーがふたりだけで小屋にいるとき、青い僧衣を着た背の高い男がやってきた。それはこの島の宣教師で、ふたりの聴罪司祭でもあった。総督の指示で小屋にやってきた宣教師は、入ってくるなり言った。

「ああ、神の讃えられんことを！　おふたりはいまやお金持ちになられました。これからは心の声のまま、貧しい人に施すこともおできになります。私は総督が何をお話しになったのかも、あなたが何とお答えになったのかも承知しております。お母上はお身体のこともありますし、ここに残らなければなりますまい。けれどもお嬢さまにはお断りになる理由はないのです。神の思し召しには従わなければなりません。年老いた肉親には、たとえその人に多少間違ったところがあっても、やはり従わなければなりません。それは我が身を犠牲にするつらい行いですが、神のご命令でもあるのです。神は私たちの罪を贖《あがな》うためにご自分の生命をなげうってくださいました。私たちも神に倣って、家族の幸福のために身を捧げなければならないのです。あなたのフランス行きは、最後には必ずや幸いをもたらすでしょう。いかがです、お発《た》ちになりませんか」

ヴィルジニーは目を伏せたまま身体を震わせ、涙ながらに答えた。

「神さまのご命令なら、いやとは言えません。思し召しのままになりますように」

宣教師は別れを告げて外に出ると、その足で総督のもとへ向かい、首尾よく役目を果たしたことを伝えた。一方、ラ・トゥール夫人はドマングを私のもとに使いに寄こし、ヴィルジニーのフランス行きについて相談したいからきてほしい、と言ってきた。私はヴィルジニーを出発させるという考えにはまったく賛成できなかった。幸福を得るもっとも確実な道は、財産の恩恵などに惑わされず、自然の恩恵に目を向けること。今いるところで見出せるものを、血まなこになってよそに探し求めたりしないこと。これが私の信念であり、この原則を私は例外なくすべてのことに当てはめているのだ。しかし私のつつましい意見など、莫大な財産の幻影の前でどれほどの力があるだろう。自然に立脚した私の言い分など、世間の価値観や、夫人が全幅の信頼を寄せる宣教師の言葉の前ではどれほどの力があるだろう。ラ・トゥール夫人が私に意見を求めたのは形だけで、聴罪司祭から断固とした口調で言われたときから、すでに心は決まっていたのだった。マルグリットは、今度の出発にはずっと反対していた。ヴィルジニーに財産ができれば自分の息子の利益になると知っていながらだ。そのマルグリットさえ、もう何も言わなかった。ポールはこうしたことが決まったことを知らなかったので、ラ・トゥール夫人とヴィルジニーが隠れて何かを話しているのをいぶかしく思い、ふさぎこんでいた。

「みんな妙にこそこそしてる。なにかいやなことを企《たくら》んでるにちがいない」

そのうちに、この盆地へ幸運が舞い下りた、という噂が島中に広まり、いろいろな商人がここまで登ってくるようになった。みすぼらしい小屋のなかに、インド産の高価な布地が無数に広げられた。グダルール[15]の豪奢《ごうしゃ》な綾《あや》織物。パリアカートやマズリパタンの薄い亜麻《あま》布。ダッカの唐縮緬《とうちりめん》は、無地のもの、縞模様のもの、縁飾りのついた

15　グダルール以下、パリアカート、マズリパタン、ダッカ、スラットはいずれもインドの地名。一八世紀当時、フランス島はインド貿易の中継地として栄えていた。

もの、どれも日光のように透き通っている。スラットの美しい純白の綿布。色とりどりの更紗《さらさ》は、砂子地《すなごじ》のもの、唐草模様のもの、世にも珍しいものがそろっている。さらには支那の豪華な絹織物。透かし模様を織り出した絹布。あざやかな色の緞子《どんす》は銀白に若草に真紅。薔薇色の琥珀織《こはくおり》。あふれんばかりの繻子《しゅす》。北京縞《ぺきんじま》のしなやかな絹布。乳白や淡黄の南京木綿《なんきんもめん》。挙げ句の果てはマダガスカルの粗布《パーニュ》まで広げられた。

ラ・トゥール夫人は娘に何でも好きなものを買わせた。自分は品物の値段と品質だけに心を配り、商人にごまかされないようにした。ヴィルジニーが選ぶのは、母親やマルグリットやポールの気に入りそうなものばかりだった。「これはうちの家具にぴったりね。これはマリーとドマングが使うといいわ」と、銀貨の袋が空になるまで、自分に入り用なものについては何も考えなかった。そのために、みんなにあげた贈りもののなかから、ヴィルジニーの分を選び取らなければならなかった。

山のようなこの贈りものを目の前に、ポールはヴィルジニーが出発することを察して、悲しみに暮れていた。何日か経ったある日、ポールはうちひしがれた様子で私のもとを訪れた。

「ヴィルジニーは行ってしまうんだ。もう旅の支度をしてる。おじさん、うちにきて、ヴィルジニーを行かせないよう母さんたちに言ってください」

今さら私が何を言ってもどうなるものでもない。それはわかっていたが、ポールがあまりに熱心に頼むので出かけていった。

ふだんのヴィルジニーはベンガル布の青い服に紅いスカーフという姿で、ほんとうにかわいらしいといつも思っていた。けれどもその日はこの土地の上流婦人のような装いで、格別な美しさだった。身につけているのは純白の唐縮緬、裏地は薔薇色の琥珀織。すらりと伸びた華奢《きゃしゃ》な身体をコルセットがぴったりと包み、三つ編みにして両側に垂らした金色の髪は乙女らしい顔と見事に調和していた。愁いを帯びた青い瞳。心に秘めた熱い思いに頰はうっすら上気し、声はうわずっていた。仕方なく身につけているようにも見える華やかな衣裳が、もの憂げな様子をいっそう際立たせ、痛々しいほどだった。あの子の姿を目にし、あの子の声を耳にして心を動かされなかった者はひとりもいない。ポールの悲しみは募るばかりだった。マルグリットはそんな様子を見かねて、ポールを脇に呼んで言った。

「ねえ、ポール、あてにならない望みをいつまでも持つのはおよし。かなわなかったらいっそうつらくなるだけだから。これまで黙っていたけど、そろそろおまえにも話しておかなければならないね、わたしたちの身の上を。ラ・トゥールのお嬢さんには、母方の血筋にお金持ちで立派な身分の親戚があるだろ。でもおまえは貧しい百姓女の息子。それだけじゃない、私生児なんだよ」

ポールは「私生児」という言葉に面食らった。今までそんな言葉を耳にしたことがなかったのだ。意味をたずねると母は、

「おまえにはちゃんとした父親がいないんだよ。母さんは若いころ、恋に目がくらんで身をあやまってしまってね、それでできたのがおまえ。母さんがまちがいをしたばかりに、おまえには父方の親戚というものがないの。それに自分の罪が恥ずかしくて、母さんの方の親戚とも縁を切ってしまった。だからおまえには、母さんのほかにはこの世にひとりも身寄りがないんだよ」

そう言ってさめざめと涙を流した。ポールは母親を抱きしめた。

「母さんのほかにはこの世にひとりも身寄りがないんだから、なおさら母さんを大事にするよ。でも、なんという秘密を知ってしまったんだろう。ようやくわかった、なぜあの人がここ二カ月のあいだぼくを避けてたのか、なぜ今になってフランスへ行くことにしたのか。きっとぼくを軽蔑してるんだ」

やがて夕食の時間になった。食卓についても、誰もが思い思いの考えに心を乱され食がすすまず、会話もなかった。はじめに席を立ったのはヴィルジニー、私たちが今座っているちょうどこの場所にきて腰を下ろした。すぐにポールが後を追って出て、並んで座った。ふたりはしばらくのあいだ何も言わず、じっと押し黙っていた。

それはここちよい夜だった。熱帯ではこういった夜はよくあるが、どんな熟達した画家の筆も、その美しさを描くことはできはしないだろう。中天にかかる月は、はじめ雲の帳《とばり》をうっすらとまとっていたが、その輝きが少しずつ雲を散らしていき、いつしか冴え冴えとした月明かりが島の山を照らし、鋭い峰々は銀緑の光を放っていた。風もひっそりと息をしずめている。耳をすますと、森のなかから、谷の奥から、岩の頂から、小鳥のかすかなささやきや、やさしいつぶやきが聞こえてくる。巣のなかでむつみ合っているのだろう。あらゆるものが――草の下でざわめく虫にいたるまで――月の光と夜の静けさを喜んでいる。夜空にまたたく星は、そのきらめく無数の影を海の面に散らす。ヴィルジニーは果てしなく広がる暗い海にぼんやりとまなざしをさまよわせていた。岸辺にちらちらと明滅する赤い漁火《いさりび》。港の入り口にはぽつんと灯る光と、黒々と浮かびあがる影が見える。舷灯《げんとう》をつけた大きな船。あれに乗ってヨーロッパへ行くのだ。船は帆をあげるばかりにして、凪《なぎ》がやみ風が吹きはじめるのを待っている。それを見たヴィルジニーは胸が張り裂けそうになり、すっと顔をそむけた。泣いている姿をポールに見られたくなかったのだ。

私はラ・トゥール夫人とマルグリットとともに、そこから少し離れたバナナの木のもとに腰を下ろしていた。静まりかえった夜のなか、ふたりの話がはっきりと聞こえた。私はその会話を今でも忘れてはいない。

まずポールが口を開いた。

「三日後に出発するんですってね。今じゃ海に出るのも怖くないんですね、前はあんなに怖がってたくせに」

「だって、肉親の言うことには従わなければいけないんですもの。それに、あたし自身の義務にも」

「みんなを捨てるっていうんですね。一度も顔を合わせたこともない遠い親戚なんかのために」

「しかたないの。本当はずっとここにいたいのに、お母さんは許してくれない。神父さまも、フランスへ行くのが神さまの思し召しだ、っておっしゃるし。それに、人生は試練だ、とも……。本当につらい試練だわ」

「へえ、フランス行きを決めた理由はそんなにあるんだ。それに比べてここにとどまる理由はひとつもない、と。まだ言ってない理由があるんでしょう。財産ってのは、それはそれは大きな魅力ですからね。もうずっと《兄さん》って呼んでくれないけど、向こうに着いたらすぐに別の人を《兄さん》って呼ぶに決まってる。それもこっちとはちがって、たいそうご立派なご身分で、ありあまる財産をお持ちの方々のなかから選んで。

　でも、どこへ行ったら今より幸せになるっていうんだ？　どこにあるっていうんだ、ここよりも大切な土地が？　自分を愛してくれる人たちと別れて、どこにもっとやさしい家族がいるっていうんだ？　あんなにしょっちゅう抱きしめてかわいがってくれた母さん、その母さんから遠く離れて、いったいどうやって生きていくっていうんだ？　だいたい母さんはどうなってしまうだろう？　もう年なのに、娘がそばにいなくなって、食卓にも家のなかにも姿が見えず、散歩のときも手を引いてもらえないんだ。それにうちの母さんは？　ほんとの娘みたいにかわいがってたのに。なんて言ってなぐさめればいいんだ、もし母さんたちがさびしくて泣き出したら？　なんてひどい人なんだ！　ぼくは自分のことはこれっぽっちも言っちゃいない。でもぼくはどうすればいい？　朝起きても姿を見ることができないし、夜になっても会うことができないんだ。あのココヤシをひとりで見たらどんな気持ちになるだろう？　生まれたときからずっとふたりを見守ってくれてたのに。

ねえ、どうしても生まれ故郷を離れて別の国へ行くっていうなら、ここで穫《と》れるものとは別の財産が欲しいっていうなら、ぼくも一緒に行く。きみの船に乗せてくれ。嵐がきたらそばにいて守ってあげる。きみは陸にいるときだってあんなに嵐を怖がってただろ。ぼくの胸に頭をのせて休めばいい。ぼくの心臓できみの心臓をあたためればいい。フランスに着いたら、きみは地位と財産を追い求める。そんなきみにぼくは奴隷のように仕えるよ。きみさえ幸せならぼくはうれしいんだから。きみは大きなお屋敷で、大勢の人にちやほやされるだろうね。それだけでもうぼくは百万長者になったようにも、王侯貴族になったようにも感じるに違いない。きみのためならどんな大きな犠牲を払ってもかまわない、きみの足元で息絶えてもかまいやしないよ」

ポールはしゃくりあげて声を詰まらせた。と、ヴィルジニーの声が聞こえてきた。あの子はため息でとぎれとぎれになりながらこう言った。

THOS. WILLIAMS SC.

「あたしが出発するのは、あなたのためなのよ……。あたしたちを養うのに、くる日もくる日もたいへんなお仕事をしてるでしょ。フランスに行けばお金持ちになれる、って話を断らなかったのは、あなたがあたしたちにしてくれたご恩を一〇〇〇倍にもして返してあげたいから。財産がなんだっていうの？　大切なのはあなたの友情だけ。どうして家柄のことなんか口にするの？　もし、もうひとり兄さんを持つことができるって言われても、あたしがあなたのほかに誰を選ぶっていうの？　ねえポール、あのね、あなたは兄さんよりももっともっと大切な人なのよ。ほんとにつらかった、わざと素っ気ない振りをするのは。あたし、ふたりが一緒になるのを神さまが祝福してくださるまでは、この恋心が外にあらわれてしまわないようあなたに助けてもらいたかったの。でももうだめ。ここに残るのも、出発するのも、生きるのも、死ぬのも、みんなあなたの言うままにする。あたし、弱い娘ね。抱きしめてくれようとするのには逆らうことができたけど、悲しんでる姿にはどうしても耐えられなくなっちゃうんですもの」

この言葉を聞くと、ポールはヴィルジニーを固く抱きしめ、恐ろしい声で叫んだ。

「おれは一緒に行くぞ。何があっても離れるもんか」

私たち三人はふたりのそばへ駈けよった。ラ・トゥール夫人はポールに言った。

「ああポール、かわいい息子がいなくなってしまったら、わたしたちはどうなります？」

ポールはぶるぶる震えながらその言葉をくり返した。

「かわいい息子……、かわいい息子、だって？　なにが母親だ、兄妹をむりやり引き離そうとして。おれとヴィルジニーはふたり一緒にその乳を飲んだんだ。ふたり一緒にその膝の上で、お互い愛し合うようにって聞かされてきたんだ。ふたり一緒に何遍もそのことを話してきたんだ。それなのに離れ離れにしようとするなんて。しかもヴィルジニーを送る先は、こともあろうにヨーロッパ。自分に身の置きどころひとつ与えなかったひどい国じゃないか。自分を見捨てた意地悪な親戚じゃないか。どうせ言うんだろ、《おまえにはヴィルジニーのことをとやかく言う資格はない、妹でもなんでもないんだから》って。ヴィルジニーはおれのすべてなんだ。おれの財産だ。家族だ。家柄だ。持っているもののすべてなんだ。ほかには何もない。同じ屋根の下、同じ揺り籠に揺られて大きくなったんだ。死ぬときだって同じ墓に入るべきじゃないか。ヴィルジニーが行くなら、ついていくからな。総督がそうさせないって？　いくら総督だって、おれが海に飛びこむのは止められはしない。泳いでついていく。海で死ぬ方が陸で死ぬよりもましだ。ここじゃヴィルジニーと暮らせないけれど、海ならヴィルジニーに見守られながら死ねる。おれたちを別れさせようとする奴から遠く離れてな。本当にひどい母親だよ。血も涙もない。どんな危険があるかわからない海に娘を放り出す。いっそのこと、海がヴィルジニーを飲みこんで、こんな冷酷な母親に二度と会えないようにしてくれればいい。波がおれの死骸とヴィルジニーの死骸を一緒に海岸の岩場に打ち上げてくれればいい。そうしてふたりの子どもを失った悲しみで永遠に苦しめばいいんだ！」

私はポールを抱きしめた。絶望のあまりすっかり取り乱していたからだ。ポールの目はぎらぎらと光り、真っ赤に染まった顔には大粒の汗が浮かんでいる。膝はがくがくと震え、燃えるように熱い胸のなかで心臓が激しく脈打っている。

ヴィルジニーは怯えた声で叫んだ。

「ああ、ポール、あたし誓うわ、子どものころの楽しかった日々にかけて、ふたりの今の悲しみにかけて、あたしたちを永遠に結ぶすべての絆にかけて。もしここに残るなら、あなたのためだけに生きます。もし出発するなら、必ず戻ってきてあなたと一緒になります。証人はお母さんたち。幼いあたしを育ててくれたお母さん、これからのあたしの人生を決めようとしているお母さん、そしてあたしの涙を見ているお母さん、お母さんたちが証人よ。あたしの声を聞いているあの空にかけて、もうすぐ渡ることになるこの海にかけて、一度も偽《いつわ》りの言葉で汚したことのないこの空気にかけて、あたし誓います」

アペニン山脈[16]の頂の氷塊が陽に溶けて岩壁を流れ落ちるように、ポールの憤怒はヴィルジニーの声を聞いてしずまった。決然とあげていた頭《こうべ》をうなだれると、目からは涙が滝のようにあふれた。マルグリットは息子を胸に抱きしめたまま何も言えず、ともに涙を流していた。ラ・トゥール夫人は取り乱しながら私に言った。

「もう耐えられません。胸が張り裂けそうです。こんなつらい旅行はやめにしましょう。おじさん、すみませんが、ポールをお宅に泊めてあげてください。この一週間というもの、誰もゆっくりと眠れなかったのですから」

私はポールに言った。

「さあ、ポール。きみの妹は行かないことになったよ。夜が明けたら総督に話しにいこう。今夜はうちにきて、みんなを休ませてあげなさい。もう遅い。真夜中だ。南十字星が水平線の上にまっすぐ立っているよ」

ポールは何も言わず私についてきた。そして、まんじりともせず一晩を過ごすと、夜明けとともに起き出して家路についたのだった。

しかし、この物語をこれ以上つづける必要があるだろうか。人生において知るべきは、喜びあふれる明るい面だけだ。われわれが立っているこの地球と同じように、人間のはかない一生は一日の歩みと重なる。さんさんと光が降りそそぐ昼のあとには、暗い闇に没する夜が必ずやってくるのだ。

＊　＊　＊

わたしは老人に言った。

16　イタリア半島を縦貫する山脈。

「本当に心打たれるお話です。お願いですからどうか最後まで聞かせてください。幸福な物語を聞くのは楽しいものです。けれど、不幸な物語を聞くのもためになるものなのです。どうぞお話しください。かわいそうなポールはどうなったのですか」

＊　＊　＊

ポールが小屋に帰る途中で最初に目にしたのはマリーだった。マリーは岩の上に立って、はるか沖合を見つめている。その姿をみとめてポールは叫んだ。

「ヴィルジニーは?」

マリーは振り返って若主人を見ると、さめざめと泣き出した。ポールははっとして踵《きびす》を返すと、港へ向かって駈けていった。そしてそこで聞かされたのだった。ヴィルジニーが夜明けに船へ乗りこんだこと。船はすぐに帆をあげて出港したこと。船影はもう見えなくなってしまったこと。ポールはそのまま戻ってきたが、誰とも口をきかず、盆地を横切っていった。

私たちの後ろにそびえる岩壁、あれは垂直に切り立っているように見えるかもしれない。しかし実際はいくつもの段になっており、険しい小径を登っていけば、あそこに見える大きな岩のところまで上がっていける。斜めにかしいだあの円錐形の岩、親指岩《ブース》と呼ばれているあの岩にはとてもよじ登ることはできないが、岩の根元はちょっとした台地になっていて、大きな木が覆い茂っている。あまりに高いところにそびえているので、恐ろしい絶壁に囲まれた大きな森が宙に浮かんでいるように見えるほどだ。親指岩《ブース》の頂はいつも雲がたちこめ、滴《しずく》となってしたたる水がやがて幾筋もの流れとなって岩肌を滑り、滝となって山の反対側の谷底深く落ちていく。あの高みにある台地からは滝音こそ聞こえないが、島のほとんどが一望できる。尖峰を突き立てた山また山、なかでもひときわ高くそそり立つのがピーター・ボス山とトロワ・マメル山、深い森に覆われた谷も見える。果てしなく広がる外海、さらには西のかた一六〇キロほどに浮かぶブルボン島[17]まで。

ポールはこの台地に立って、ヴィルジニーを乗せた船を見送ったのだった。船はすでに沖合四〇キロの彼方、大海にぽつんと浮かぶ一粒の黒い点にしか見えない。ポー

17 現在のレユニオン島。

ルは何時間もその黒点に目をこらしていた。船影がすでに消えてしまっても、まだ見える気がしていた。ついに遠く水平線にたちこめた靄のなかに見失ってしまうと、ポールはこの荒涼とした台地に座りこんだ。吹きすさぶ風が椰子の木や照葉木《テリハボク》の梢をざわめかせている。陰にこもった唸りのようなそのざわめきは、パイプオルガンの遠い音色にも似て、深い哀愁をそそう。私が近づいたとき、ポールは頭を岩にあずけ目を伏せていた。私は夜明けからずっとポールの後について歩いていたのだが、山を下りて母親たちのもとへ戻る気にさせるにはずいぶんと苦労した。それでもようやく小屋へ連れ帰ると、ポールはまずラ・トゥール夫人に向かって、自分をだましたことを激しくなじった。夫人は涙ながらに説明した。夜中の三時すぎに風が吹きはじめ、船が出帆の準備に取りかかったころ、総督が宣教師と何人かの部下を引き連れて、ヴィルジニーを駕籠でむかえにきた。夫人とマルグリットがどんなに言葉をつくして説明しても、どんなに涙を流して頼んでも、連中は口々に、あなたたち全員のためなのだから、と叫びながら、半ば死んだようになっているヴィルジニーを連れていってしまった。

夫人の話を聞いたポールは、口を開いた。

「せめてお別れだけでも言っておきたかった。そうすればこんなにつらくはないのに。言うつもりだったんだ、《一緒に暮らしていたあいだ、きみの気にさわるようなことを口にしたりしなかったかい？　もしそうだったら、永遠にお別れしてしまう前に赦しておくれ》って。《もう二度と会えない運命なんだね、さようなら。さようなら、遠い国で何不自由なく幸せに暮らすんだよ》って」

それから母親とラ・トゥール夫人が泣いているのを見て、

「母さんたちを慰める役目、これからは誰かほかの人に頼んでくれ」

そう言うとすすり泣きながらふたりのもとを去った。ポールはあたりをさまよい、ヴィルジニーが好きだった場所をひとつ残らずめぐり歩いた。ポールの後を、山羊の親子がいつものようにめえめえ鳴きながらついてくる。

「何をしてほしいんだい。そばにきてももう会えないんだよ、おまえたちを世話してくれたあの人には」

小鳥たちは《ヴィルジニーのいこい》のまわりをしきりに飛びまわっている。

「かわいそうに。いつも餌をくれたやさしい人はいなくなってしまった。おまえたちはもう迎えにいけないんだよ」

飼い犬のフィデールは、何かを探すように地面をあちこちかぎながら、ポールの前を歩いていく。

「ああ、おまえにももう二度とあの人を見つけることはできないんだ」

それからポールは昨夜ヴィルジニーと最後に語り合った岩に腰を下ろすと、愛する人を連れ去った船が遠く消えていった海を見つめ、涙を流した。

そのあいだ私たちはポールから目を離さず後をついていった。あの子がひどい興奮から何か不吉なことをしでかさないか案じていたのだ。マルグリットとラ・トゥール夫人は、やさしい言葉をいろいろ並べて、どうか気をしっかり持ってほしい、おまえが悲しみに沈んでいると自分たちはいっそうつらくなってしまうばかりだから、と頼んだ。ようやくポールが落ち着きを取り戻したのは、ラ・トゥール夫人がしきりに口にしていた、わたしの息子、いとしいわが子、うちの婿《むこ》、娘の将来の夫、などといった呼び名が、あの子の心にふたたび希望を呼び覚ましたからだった。夫人はポールに、うちに戻って何か少しでも食べるように、とうながした。

ポールは私たちとともに食卓についたが、それは幼なじみがいつも座っていた席の隣だった。食事のあいだは、相変わらずヴィルジニーがそこにいるかのように、言葉

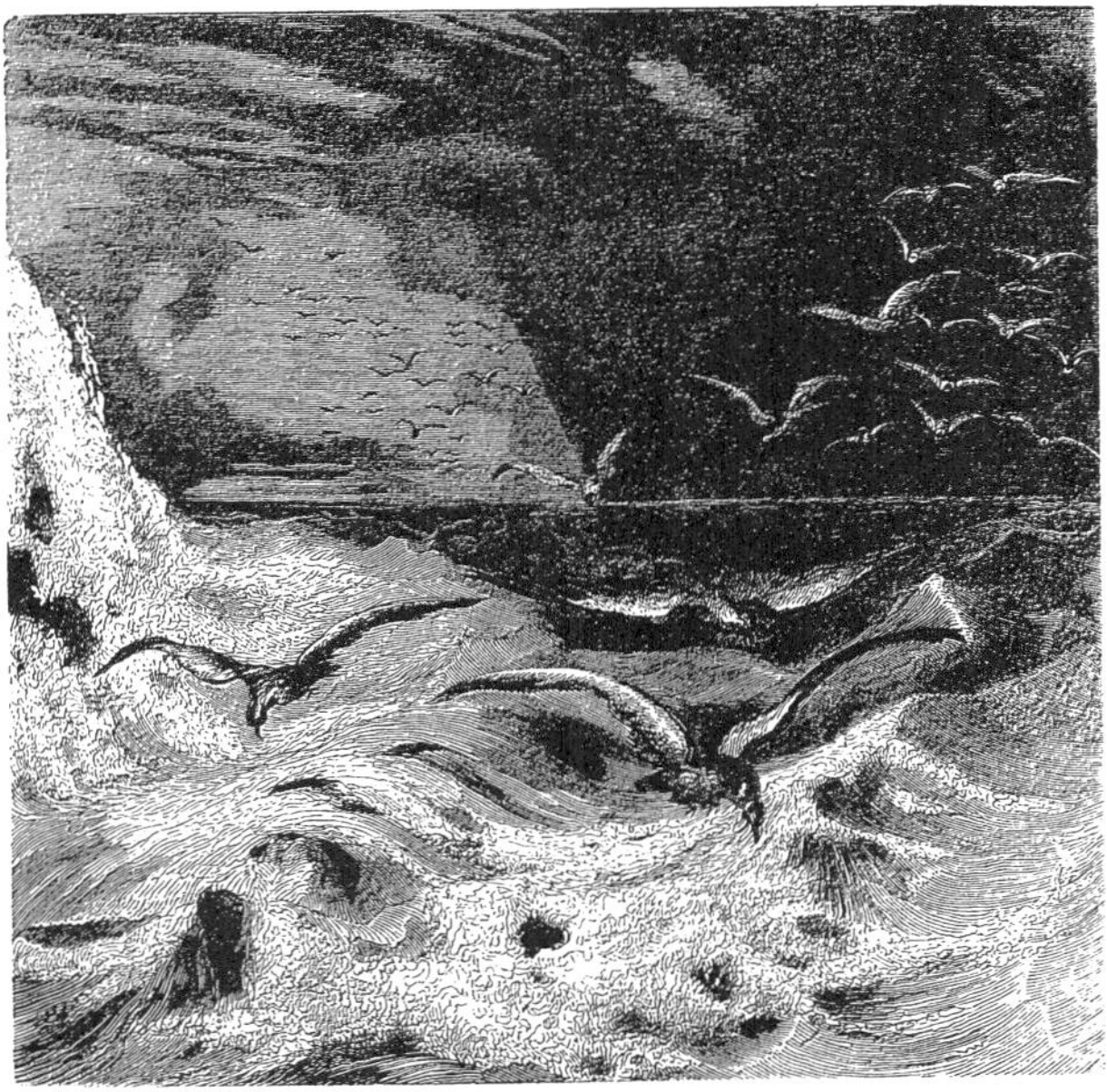

をかけたり、好物をすすめたりしていた。が、自分の思い違いに気づいて、また涙にくれるのだった。

それにつづく日々、ポールはヴィルジニーの身の回りの品物をひとつ残らず集めた。別れ際まで身につけていた花束。ものを飲むのに使っていたココヤシの実で作った椀。こういった忘れ形見が世にも貴重な宝であるかのように、何度も口づけをしてはふところへ大切にしまいこんだ。たとえ珍重される龍涎香《りゅうぜんこう》といえども、愛する者の手に触れた品々ほどかぐわしい香りはしないものなのだ。けれどもやがてポールは、自分の悲嘆が母親たちの悲嘆を増すばかりであること、家族が暮らしていくためには休みなく働かなければならないことに気づき、ドマングに手伝ってもらいながら、ようやくまた農園の手入れをするようになった。

これまでポールは、島生まれの白人の例にもれず、世の中の出来事には一切関心を示してこなかった。しかしそのポールがあるとき私のもとを訪れ、読み書きを教えてほしい、と頼んできた。ヴィルジニーと手紙のやりとりをしたいからだという。地理や歴史も学びたがった。ヴィルジニーがおもむく国がどんなところなのか、ヴィルジニーがこれから暮らしていく社会はどんなありさまなのか、知りたかったのだ。かつてポールが農作業の腕前や、土地の起伏をならす技術をめきめきと向上させていったのも、これときっかけは同じで、ヴィルジニーへの愛情からだった。人間の学問や技芸の大部分は、愛というこの燃えるような激しい情熱にかられて喜びを追求するところから生まれる。そして、愛を喪失することによって哲学が生まれ、すべてに対するあきらめを学ぶ。自然はこのように愛というものを人間同士を結びつける絆、社会の第一原理とし、われわれを知識と快楽へと向かわせる原動力としたのだ。

いざはじめてみると、ポールは地理の勉強にはあまり興味が持てなかった。それぞれの国の自然を描くのではなく、ただ政治区分を記述するだけだからだ。また歴史、とりわけ近い歴史にも一向に関心をそそられなかった。そこに見られるのは、原因もわからぬまま周期的にくり返される大規模な不幸ばかりだった。理由も目的もない戦争。渦巻く権謀術数。顔のない国民。人間性のかけらもない君主たち。ポールはそういったものよりも、小説を読む方が好きだった。人間の感情や利害にずっと深く踏みこんでいて、ときには自分と同じような境遇をまざまざと見せてくれる。いちばん面白かったのは、フェヌロンという人が書いた『テレマックの冒険』[18]だった。その本には、田園生活の様子や、人間の心の自然な動きが生き生きと描き出されていた。ポールはとくに心打たれた一節をよく母親たちに読んで聞かせたが、読んでいるうちになつかしい思い出に胸が締めつけられ、声が詰まって涙があふれてしまう。小説に出てくる王女アンティオペの品位と聡明、主人公との恋を引き裂かれるエウカリスの愛情と不幸、それが思い出のなかのヴィルジニーに重なり合うように思えてくるのだった。

その一方、当時流行していた小説を読むと頭がくらくらする思いだった。放縦な風俗習慣ばかりが描かれていたからだ。そういった小説がヨーロッパ社会の真実の描写を含んでいることを知ると、ヴィルジニーがそんなところにまじわって堕落してしまわないか、自分のことを忘れてしまわないか心配になってくる。そのポールの心配にはまったく根拠がないわけではなかった。

事実、あれから一年半以上経っても、ラ・トゥール夫人のもとには伯母からも娘からも便りひとつなかった。ただ人づてに、娘が無事フランスに着いたことを聞いただけだった。だがある日、島に寄港したインド行きの船に運ばれ、ようやく夫人のもとへヴィルジニーからの手紙と小包が届いた。その手紙は、誰かを責めたりしないように、そして母親を心配させたりしないように、慎重に言葉を選んで書かれていたものの、ラ・トゥール夫人には娘がひどく不幸せであることがわかった。文面にはヴィルジニーが置かれている境遇と、あの子の性格がとてもよくあらわれていたので、私は今でもほとんどそのままおぼえている。

いとしいお母さま、

これまでに何度もお便りをさしあげましたが、お返事をいただけないのは、もしかするとお手もとへ届かなかったのかもしれません。けれども今度はうまくいくだろうとあてにしています。お手紙をさしあげたり、いただいたりするのに、

18　フランスの思想家フェヌロンの教育小説（*Les Aventures de Télémaque*）。一六九九年刊。ホメロスの『オデュッセイア』に想を得て書かれた。王子テレマックが、師メントール（実は英知の女神ミネルバの化身）に導かれて、行方不明の父ユリス（オデュッセウス）を探し、遍歴のなかで辛苦を重ねたすえ、父と再会するという物語。エウカリスは、主人公たちが嵐にあって漂着した島で女神カリプソに仕えるニンフのひとり。テレマックと恋に落ちるが、メントールは使命を忘れて恋に溺れるテレマックを救うためその恋を引き裂く。アンティオペは、テレマックたちが逗留したサラント国の王女。やはり恋に落ちるが結ばれることはなく、テレマックは父親探しの旅に出発する。

いままでとちがう用心深いはからいをするようにしましたから。

お別れしてからずいぶん涙を流しました。そちらにいたころは、ほかの人の不幸のために泣くだけだったわたしですのに。こちらに着いたとき、大伯母さまが、どんなことができるのか、とお聞きになりましたので、読むことも書くこともできません、と申しあげましたら、とても驚かれて、いったい生まれてからいままでどんなことを習ってきたのか、とおたずねになりました。家のなかのご用をしたり、お母さまのお手伝いをしたりすることです、とお答えすると、それは女中になる教育を受けただけだ、とおっしゃり、つぎの日すぐに、パリの近くにある大きな修道院の寄宿学校へわたしをお入れになりました。そこにはいろいろな方面の先生がいらっしゃいます。歴史、地理、文法、数学、それから乗馬、こういったものをはじめ、さまざまなことを教えてくださいますが、わたしにはそういうお勉強はあまり向いていないようでして、せっかく先生がたが教えてくださることも、きちんと覚えることができません。それとなく先生がたもおっしゃってますが、わたしは頭のできが悪くて、なんのとりえもない女のような気がします。

それでも大伯母さまのご親切は少しもかわりません。季節ごとにあたらしい衣裳をあつらえてくださいますし、侍女もふたりもつけてくださいました。貴婦人のようにきれいに着飾った侍女です。大伯母さまはわたしに伯爵の称号をつかうようおっしゃってくださいました。けれどもそのかわりにラ・トゥールの苗字は捨てるようにとのことでした。お父さまがお母さまと結婚なさるのにどれだけ大変だったかをうかがっておりましたから、ラ・トゥールというのは、お母さまにとっていとしい苗字であるのとおなじように、わたしにとっても大切な苗字でしたのに。大伯母さまのご意向で、お母さまの妻としての苗字のかわりに、お里の苗字を名のることになりましたが、お母さまが娘時代に名のっていらっしゃったものだと思うと、この苗字もやはりわたしにとってはいとしいのです。

わたしばかりこのようになに不自由ない豊かな生活をさせていただいてますので、大伯母さまにお願いして、お母さまをお助けするためになにかを送っていただこうといたしました。大伯母さまのお返事をお伝えするのはためらわれますけれど、どんなときでも本当のことを話すように、とお母さまから教えられてきましたので申しあげることにいたします。少しのものを送ったくらいではなんの足しにもならないし、そうかといって、たくさんのものを送ったりしては、質素な暮らしをしているお母さまをかえって困らせることになる、こうおっしゃったのです。

わたしははじめ、自分でお手紙を書くことができませんので、だれかにかわりに書いてもらってお便りしたいと思っていましたけれど、こちらに着いたばかりで、信用できるような人はひとりもいませんでしたから、読み書きができるように昼も夜もがんばってお勉強しましたところ、神さまのおはからいで、それほど時間もかからずに、ひとりでなんとかできるようになりました。はじめのうちは、お手紙を書きましたら、つきそいの侍女に送ってくれるようたのんでいたのですけれど、あの人たちはみんな大伯母さまに渡してしまったようですので、今度は寄宿生のお友だちにお願いすることにしました。お返事をくださるときには、同封いたしましたお友だちの住所あてにお送りくださいませ。

大伯母さまは、わたしが寄宿学校の外とつながりをもつのを一切おゆるしになりません。わたしのことでなにかお考えがあるらしく、そのことにさしさわりがあるから、とおっしゃるのです。わたしが面会室の格子《こうし》ごしにお目にかかることができるのは、大伯母さまと、もうひとり、年をとった貴族のかただけです。大伯母さまのお友だちだとおっしゃるそのかたは、なんでもわたしにとても興味がおありとのことですけれど、本当のことを申しますと、たとえどなたかに興味を抱くことがあるとしても、あのかただけはいやです、どんなことがあっても好きにはなれません。

わたしのまわりには、目もくらみそうなほどの財宝があふれていますけれど、それなのにただの一スーも自由につかうことができません。わたしがお金なんか手にすると、ろくなことにならないのだそうです。身につけている衣裳も、わたしのものというよりは、侍女たちのものといっていいかもしれません、まだ脱いでもいないうちから、取りあいをしています。いまのわたしはありあまる豊かさに埋もれていますけれど、お母さまのおそばにいたときよりもずっと貧しくなってしまいました。なにひとつ人にあげることができないのですから。

先生がたからいくらりっぱな学問を教えていただいても一向に身につくことはなく、ほんのささいな贈りものさえさしあげることができませんので、むかしお母さまが教えてくださった編みものにたよることにしました。お母さまとマルグリット母さまには、つたないものですが、わたしが編んだ靴下をいくつかお送りいたします。ドマングには縁なし帽子、マリーにはわたしの紅いスカーフです。いっしょに入れてありますのは、おやつにいただいた果物の種と、休み時間に修道院のお庭でひろったいろいろな草木の種。それから菫やマーガレット、金鳳花《キンポウゲ》、雛罌粟《ヒナゲシ》、矢車草、松虫草の種も入れました。みんなわたしが野原であつめたものです。こちらの草原には、島に咲いているよりきれいなお花がたくさんありますけれど、お花のことを気にかけている人はだれもいません。お母さまとマルグリット母さまは、種ばかり入ったこの包みでも、わたしたちのお別れと涙のもととなったあの銀貨のつまった袋よりずっとずっとお喜びくださるものと信じております。いつの日か、うちのバナナの木のそばに林檎の木がはえ、椰子の木がブナの木と葉をまじえるのをごらんになって、お母さまが大好きなノルマンディーにお帰りになったような幸せな気分になっていただけたら、わたしもどれほどうれしいかわかりません。

お母さまはわたしに、楽しいこともつらいこともみんなお知らせするように、とおっしゃいましたけれど、お母さまからこんなにはなれていては、楽しいことなど少しもありません。つらいことのほうは、神さまのおぼしめしにしたがってお母さまがお決めになったおつとめをはたしているのだと思えば、がまんもできます。けれども、ここにいてなによりも悲しいのは、だれもお母さまのことを話してくださらないし、だれにもお母さまのことをお話しできない、ということです。わたしの侍女、いいえ、わたしより大伯母さまの言いつけをきくのですから大伯母さまの侍女と申したほうがいいのですが、あの人たちは、わたしがなつかしいふるさとのことに話をむけると、すぐに言うのです。《お嬢さま、よくよくお心におとめください。お嬢さまはフランス人なんですよ。野蛮な人たちが暮すあんな島のことなどお忘れにならなくてはいけません》。でも、生まれ育った土地、お母さまがいらっしゃる土地を忘れるくらいなら、この身が消えてしまうほうがずっとましです。わたしの目には、野蛮な人たちが住む土地というのはこの国のことです。ここではひとりぼっち、命あるかぎりお母さまによせつづける愛についていっしょに語りあえる人はどこにもいないのですから。

かしこ

いつまでもお母さまをお慕いする娘

ヴィルジニー・ド・ラ・トゥール

どうぞマリーとドマングを大事にしてあげてください。ふたりともわたしが小さいときから本当によく面倒を見てくれました。それからわたしのかわりにフィデールをかわいがってください。森のなかでわたしを見つけてくれたのですから。

ポールは、ヴィルジニーが飼い犬のことさえ忘れずに書いているのに、自分についてはひとことも触れていないのにひどく驚いた。女性というのはどんなに長い手紙をしたためようと、もっとも深く心に思っていることはいちばん最後に書くものだと知らなかったのだ。

追伸のなかでヴィルジニーはポールにあてて、とくに菫と松虫草の種を大事に育ててくれるよう頼み、どんな性質の草花なのか、どこへ種を蒔いたらいいのか丁寧に教えた。「菫は青紫の小さな花をつけます。草むらのしたにこっそりかくれて咲くのが好きなのですけれど、とてもいい香りがするので、どこに咲いているのかすぐに見つかってしまいます」と記してから、種は泉のほとりのココヤシの下に蒔くように頼んでいた。それにつづけて、「松虫草は薄青色のきれいな花、まんなかは黒地に白を散らした芯になっています。まるで喪服を着ているように見えるので、《やもめ花》とも呼ばれています。風のあたるごつごつした岩場が好きです」と書いて、種は最後の夜にふたりで語り合った岩のところに蒔くように頼んだうえ、その岩は《別れの岩》と名づけて自分のことを思い出すよすがにしてほしい、と添えてあった。

ヴィルジニーが送ってくれた種は、小さな巾着に入っていた。その巾着はごく粗末な生地でできていたが、ポールにとってはほかの何にもかえがたい宝に思えた。ふたりの名前の頭文字、PとVが組み合わせ刺繍してあり、しかもそれは糸のかわりに一目でそれとわかるヴィルジニーの美しい髪の毛で縫い取ってあったのだ。

思いやり深くつつましやかな少女から届いたこの手紙に、家族全員が涙を流した。ラ・トゥール夫人は一同を代表して返事を書いた。そちらにとどまるのも、こちらに戻ってくるのも、あなたの好きなようにしていいのですよ。ただ、あなたが行ってしまってから、わたしたちはみんな幸福というものをほとんど失ってしまいました。とりわけわたしは一日として心の晴れる日がありません。

ポールもまたとても長い手紙をしたため、庭をきみにふさわしいようにきれいにしておく、きみがふたりの名前を組み合わせて刺繍してくれたように、ヨーロッパの植物とアフリカの植物を組み合わせる、と約束した。そして、この手紙と一緒にもうすっかり一人前の木になったあのココヤシの実を送るから、と書いたあと、でもほかの種はわざと送らないでおく、そうすれば島の草花を見たくてたまらなくなって、きみが早く帰ってこようという気持ちになるかもしれないから、とつけ加えた。さらには、どうかできるだけ早く母さんたちの、そしてぼくの心からの願いをかなえてほしい、と頼み、きみが遠くへ旅立ってしまってからは何の楽しみも味わっていないのだから、と記した。

ポールは細心の注意をこめて、ヨーロッパから届いた種を蒔いた。とくに菫と松虫草を大切に蒔いたのは、ヴィルジニーから大事に育てるようにと頼まれたからだけではなく、その花がヴィルジニーの性格やおかれている境遇とどこか似たところがあるように思われたからでもあった。しかし、長い船路のあいだに傷んでしまったのか、それともアフリカのこのあたりの風土には適さないのか、芽を出したのはほんのわずか、それさえもうまく育つことはなかった。

そのうちに、他人の幸福をねたむ嫉妬の念――とりわけフランスの植民地では顕著なのだが――から、島のなかにさまざまな噂が広まり、ポールの心は千々《ちぢ》に乱れた。ヴィルジニーの手紙を運んできた商船の人たちが、あの娘はまもなく結婚する、とまことしやかに喧伝し、相手の貴族の名前まで挙げたのだ。なかには、もう結婚式はすんだ、自分はそれに立ち会ったのだ、と吹聴《ふいちょう》する者さえいた。はじめのうちポールはそのような噂を気にもとめていなかった。商船などというのは、とかく先々の寄港地で根も葉もない噂を広めるものである。しかし、うわべばかりの同情を装いながら島の住民が次々に慰めに訪れるうちに、ポールも少しずつ噂を真に受けるようになっていった。そのうえポールがこれまで手に取った小説のなかには、ヨーロッパの風俗をかなり仔細に描写し、女性の心変わりを面白おかしく描いているものもあったため、ポールは心配になっていた。ヴィルジニーもそんな悪い風潮に染まってしまわないだろうか。あのときの誓いを忘れてはしまわないだろうか。身につけた知識によって、ポールははやくも不幸を味わうことになっていた。その心配をさらに大きくしたのは、それから半年のあいだに何隻もの船がヨーロッパからこの島へやってきたにもかかわらず、一向にヴィルジニーの便りを運んでこないことだった。

不安のために心の安まるひまもないポールは、たびたび私のもとへやってきた。自分の不安があたっているかどうか、私の人生経験を頼みにしたのだ。

前にも話した通り、私の住まいはここから六キロばかり離れたところ、長尾根沿いに流れる小川のほとりにある。妻もなく、子もなく、奴隷も持たずにひとりで暮らしている。

比翼の鳥とも連理の枝ともなる伴侶《はんりょ》を見出すことができればこれほど幸福なことはないが、そんな僥倖《ぎょうこう》にはめったに恵まれない。それを考えに入れなければ、人生においてもっとも不幸の度合いが少ないのは、言うまでもなく、ひとりで暮らすことだろう。世間から辛酸をなめさせられた者は孤独を求めるものだ。とりわけ注目すべきは、思想や風習や政治のために辛苦を味わわざるをえなかった民は例外なく、その社会のなかに、隠遁と独身に身を捧げる一群の人々を擁していた、という事実だ。かつては衰退期のエジプト人や、東ローマ帝国時代のギリシア人がそうであった。現代でもインド人、支那人、ギリシア人、イタリア人、そして東欧や南欧の民の大部分がそうである。孤独によって人は、社会的次元における不幸から遠ざかり、自然状態の幸福をある程度は取り戻すことができる。われわれの社会はさまざまな偏見によって引き裂かれており、そのなかにいるかぎり、心はつねに動揺し安まることがない。野心ばかりを追い求めるあさましい社会では、誰もが自分の意見を押しつけて他人を屈服させようとするが、その相反する無数の意見が人の心のなかでたえずぶつかり合っているのだ。

しかし孤独のなかにいれば、自分の外からやってきて心をかき乱すそういったむなしい影を振り払い、ただ自分自身と、自然と、造物主とだけまっすぐに向き合うことができる。それはちょうど、田畑を飲みこむ洪水の濁水が流れをはずれてどこかぽつんと離れた窪地にたまると、やがて泥土が底に沈殿して本来の澄んだ姿を取り戻し、透き通った水となってその池のほとりを、大地を覆う緑を、そしてはるか高みに広がる大空の輝きをうつしだすのと同じだ。孤独によって回復するのは、このような心の調和だけではない。身体の調和も回復するのだ。孤独に暮らす人々のなかには、驚くほどの長寿を誇る者も多い。たとえばインドのバラモン僧だ。

また、世間で幸福に暮らすうえでも孤独は必要だろう。どんな種類のものであれ喜びを長く味わうためには、あるいは何かしっかりした原則にもとづいて己の行動を律するためには、自らの内部に孤独の一画を持っていなければならない。それは、自分の考えをしっかりと抱えて安易に外には出さず、他人の意見の侵入を決して許さない確固とした部分のことだ。だからといって私は、まったく誰とも交わらずひとりで暮らすべきだなどと言うつもりはない。人間は人類全体と結びつくことによって、さまざまな必要を満たしているからだ。したがって、自分もまたほかの人のために働かなければならない。また、人間以外の自然に対しても義務がある。そのために神は人間ひとりひとりに、この地球に存在するものにぴったりと対応した器官を与えたのだ。大地を踏むためには足。空気を吸うためには肺。光を見るためには目。どの器官もその役割をほかと取りかえることはできない。しかし生命の造り主である神は、ひとつの器官だけはただ神自身とのみ結びついた器官と定めた。それが心臓、人体でもっとも重要な器官だ。

かくして私は、世間の人々から離れて日々を暮らしている。かつては私も世の中のためにつくしたいと願っていたものだ。だが、世間はかえって私を迫害したのだった。ヨーロッパ中をへめぐり、アメリカやアフリカの各地にも足を延ばした私は、結局、この住む人もほとんどいないフランス島に身を落ち着けることにした。穏やかな気候と、うらさびしい佇まいに惹かれたのだ。森のなかに建てたささやかな小屋。自らの手で拓いた小さな畑。わが家の前を流れる小川。暮らすうえでの必要を満たしたり、さまざまな喜びを味わったりするにはこれだけで充分だ。こういった日々の楽しみに加えて、何冊かのよい書物もある。その書物は、人格を陶冶《とうや》する頼りとなるばかりではない。私が捨て去ってきた世界を描き出すことによって、今の幸福をいっそう深めてくれる。さまざまな情念がいかに人間をあさましい姿に変えるのか、書物を読んでいると、あの人たちの運命と自分の運命を比べたときに、私のほうがまだずっと幸福だとしみじみと感じられるのだ。言ってみれば、私は難破船から逃れて岩のうえに這い上がった者と同じだ。孤独のなかでひとり、外の世界に吹き荒れる暴風雨を静観している。嵐の音を遠くに聞きながら、心の安らぎはいっそう深まっていく。

世間の人たちとは別の道を歩むようになってからは、あの人たちを憎む気持ちはもう消え失せた。ただ哀れみを感じるだけだ。私は不幸な人に出会うと、なんとか力になろうとしていろいろと助言をする。それは、激流のそばを通りかかった者が、溺れかかっている不幸な人に手をさしのべるようなものだ。しかし、これまで私の言葉に耳を傾けたのは、純朴な人ばかりだった。自然がしきりに呼びかけているにもかかわらず、たいていの人たちはそれに耳を貸そうとはしない。自然そのものに目を向けるのではなく、自分自身の欲望に都合がいいような自然の姿を好き勝手に思い描き、一生のあいだそのむなしい幻を追ってさまよいつづける。そして最後の時になってようやく自らの誤りに気づいて天に嘆くのだ。私は不幸な人と出会うたびに、世間に背を向け自然へ帰るよう手をさしのべたが、そのなかに自分の不幸に酔っていないような人はひとりもいなかった。その人たちも、はじめは私の言葉に耳を傾けていた。名誉や富を得る手助けをしてくれるのではないか、と期待していたからだ。しかし反対に、名誉や富にとらわれないように、ということしか教えないことがわかると、自分たちと同じ幸福を追い求めない私を、みじめな人間だと見なすようになった。私の隠遁生活を非難し、自分たちこそ人類の役に立つ人間だと言い張り、私をむりやり世間の渦に引きずり込もうとした。けれども、和して同ぜず、ではないが、私は誰とでも語らうものの、自分を曲げて他人の考えに従うようなことはしない。たいていは自らで自らを律し、自らを戒めれば事足りる。

静けさに満ちた今の暮らしのなかで、かつての自分があんなにも価値を置いていたさまざまな迷いを思い出してみる。有力な後ろ盾。立身出世。名声。快楽。世界中で火花を散らす無数の思想。おびただしい人々がこういったはかない幻を激しく奪い合っているのを見た。その人たちも今はもうこの世にいない。たとえるならばわが家の前のあのせせらぎ、岩に砕けて白く泡立っては波の糸を引いて流れていき、永遠に戻ってくることはない。私は時の流れに静かに身をゆだねたまま、その先に広がる果てしない大海へと運ばれていく。流れを下る私の目の前には、調和に満ちたうるわしい自然が次々にあらわれ、その造り主のいる天上へと思いを寄せながら、さらなる幸福の希望を来世へと託すのだ。

私の小屋は森の奥深くにあるので、今われわれが座っているこの高地とは違って、あたりを見渡してもこれほど多種多様なものは目に入らない。しかしそれでもあそこには興味深い景色が——とりわけ私のように外に向かうよりも自分の内にとどまる方を好むものにとってはとくに興味深い景色が広がっている。小屋の前の小川が森を貫いてまっすぐに流れるさまは、長い堀割が色とりどりの葉を茂らせた木立の陰を走っているようにも見える。森に生えているのは照葉木《テリハボク》、黒檀。林檎の木、オリーブの木、シナモンの木などと呼ばれている木も生えている。アブラヤシの木立がそこかしこに三〇メートル以上にもなる裸の幹をそびえさせ、その頂に青々と茂る葉がほかの木々を見下ろしている。まるで森の上にもうひとつ森が重なっているかのようだ。とりどりの葉をつけた蔦葛が木から木へと絡みつき、こちらには花のアーチを広げ、向こうには青葉の帳をかける。この森の樹木のほとんどが馥郁《ふくいく》とした香りをただよわせていて、服にまで染みつくので、森を通ってきた人は、二、三時間経ってもまだそれとわかるほどだ。

花咲く季節には、森全体が半ば雪に包まれたようになる。夏の終わりになると、何種類もの渡り鳥が不思議な本能に導かれて大洋を渡り、見知らぬ土地からこの島までやってくる。草木の種をついばむ鳥の色あざやかな羽が、陽に焼けて黒ずんだ森の緑にくっきりと浮かびあがる。なかでも目につくのはさまざまな鸚鵡《オウム》、そしてこの島ではオランダ鳩と呼ばれている青い鳩だ。森には猿も棲《す》みついている。小暗い葉陰で戯れているが、その緑がかった灰色の毛並みや真っ黒な顔がはっきりと見てとれる。なかには尻尾で枝にぶら下がって宙に揺れているのもいれば、腕に子猿を抱えたまま枝から枝へ飛び移るのもいる。おとなしい自然児であるこの猿たちは、まだ一度も禍々《まがまが》しい鉄砲に脅かされたことがない。

森のなかに聞こえるのは、歓声のような甲高い叫び、小川のせせらぎ、小鳥のさえずり、そこに南の土地から渡ってきた鳥の耳慣れない鳴き声が混じる。そしてこういった響きすべてを森のこだまが遠くくり返している。木立のあいだを白糸のように流れる小川は、澄み切った水の面に鬱蒼と茂る森の荘厳な葉叢をうつし、そこに戯れる幸福な動物たちをうつしている。そこから一〇〇〇歩ばかり行くと、川は段になった岩場にさしかかる。川の水は水晶のように透き通った一枚の布となって流れ落ちると、下の岩に砕けて白いしぶきをあげてわきたつ。逆巻く渦からは無数のざわめきが入り混じってあふれる。その響きは風にのって森のなかに散り、遠く消えていくかと思えば、ひとかたまりになって押し寄せ、大伽藍《だいがらん》の鐘のように耳を聾《ろう》するばかりに轟く。流れ落ちる水に空気はたえず攪拌され、このあたりは炎暑の折でも緑の葉がそよぎ、いつでも涼しい。この島では、たとえ山の上でもめったにこのような涼しさを味わえない。

そこから少し離れたところにある岩は、滝からは適度に距離があり、水の音に耳をふさがれることはなく、それでいながら滝の眺めや、涼しさや、ここちよい響きを楽しむことができる。時々私たちは——ラ・トゥール夫人、マルグリット、ヴィルジニー、ポール、そして私のことだが——、暑さの激しいときにこの岩陰で昼食をとった。ヴィルジニーは、ふだんのどんな些細な行いでも人のためになるよう心がけていたので、戸外で果実を食べたあとはいつも、「この種から木が生えて実がなったら、通りかかった旅の人か、そうでなくても鳥たちが食べられるでしょ」と、その種を地面に埋めることにしていた。

ある日、ヴィルジニーはこの岩陰でパパイヤを食べると、いつものように種を埋めた。すると、まもなくパパイヤの木が何本か生えてきたが、そのうちの一本が実をつける雌の木だった。ヴィルジニーがフランスへ発ったときには、その木の高さはまだあの子の膝くらいまでしかなかった。しかしパパイヤは育つのが早い。二年ののちには六メートルを超す高さになり、上の方の幹には熟した実が何列も輪になってついていた。たまたまこの場所を通りかかったポールは、幼なじみが蒔いた一粒の種から生えた木がこんなにも大きく育ったのを見て喜んだ。が、次には深い悲しみに襲われた。ヴィルジニーがいなくなってからの長い年月をあらためて思い知らされたのだ。日ごろ見慣れているものからは、月日のうつろいの早さを感じることはない。われわれと歩みを合わせて知らず知らずのうちに老いていくからである。しかし長いあいだ見ていなかったものを何年かぶりに目にすると、歳月がいかに早く流れ去っていくのか、まざまざと見せつけられるものだ。豊かに実をつけたこのパパイヤの大樹を見たポールは驚き、そして心をかき乱された。ずっと故郷を離れていた旅人が久しぶりに戻ってみると、もはや自分と同年輩の者の姿はなく、以前は母親の乳房にすがっていた子どもたちが一家の主《あるじ》となっているのを目の当たりにしたようなものだ。ポールはいっそのことこの木を切り倒してしまおうとも考えた。ヴィルジニーがいない歳月の長さを突きつけられるのがつらかったからだ。けれども同時に、この木はヴィルジニーの思いやり深い心の形見なのだと考え、その幹に口づけして愛情と悲しみにあふれた言葉で話しかけた。かつては私もまたこの木を眺めたものだ、ローマの凱旋門を前にしたときよりずっと深い関心と敬愛の念をこめて。今となってはもうそのパパイヤの木はない。しかし森にはかわりに、この木の子や孫がずっと残っている。王たちの野心の名残《なごり》である幾多の建造物も、自然の力の前ではなすすべもなく日々確実に崩壊していく。しかしあわれな少女のやさしい心の形見だけは、自然の力でいつまでもこの森に残してあげてほしい、私はそう切に願わずにはいられないのだ。

さて、ポールがたびたび私のもとへやってきた、と言ったが、あの子が訪ねてくるといつもこのパパイヤの木のところで会った。ある日、ポールはひどくふさぎこんでいた。そのときにどのような会話を交わしたか、これから話そう。本筋を離れて少しばかり長々と伝えることになるが、この年寄りにとってはあれがあの子にかけてやった最後の友情の言葉だったことに免じて許してほしい。私はそれを対話の形で話そうと思う。そうすればあの子が生まれながらに賢いということがよくわかるだろう。それに、あの子の問いと私の答えの内容から、ふたりの違いも容易に見てとれるはずだ。

ポールはまずこう口を開いた。

「悲しくてたまらないんだ。あの人が行ってしまってから、もう二年と二カ月が過ぎた。しかもこの八カ月というもの、何の便りもない。あの人は今じゃ金持ち。それにひきかえこっちは貧乏。おれのことなんか忘れちまったんだ。いっそのこと船に乗って、フランスへ行きたい。王さまに仕えて、偉くなるんだ。あの人の大伯母っていう人だって、おれがすごい貴族になったら結婚させてくれるはずだ」

「どうしたんだね、ポール。きみは貴族の家柄ではないって言ってなかったかい？」

「母さんによればね。でも、おれには家柄ってのが何なのかわからないんだ。自分の方が人より低いとか、ほかの人の方が自分より高いとか、そんなこと一度も気づいたことない」

「フランスではね、家柄がないと重要な役職にはつけないんだよ。それだけではない。上級官僚にすらなれないんだ」

「でも、おじさんは何度も話してくれた。フランスが偉い国になったのは、どんな人にでも出世の道が開けてるからだって。そしていくつも挙げてくれたじゃないか、低い身分から有名になって、国の誇りにまで登りつめた人の名前を。おじさんはおれにあきらめさせようとしてるんだ」

「ポール、決してそんなことはない。前に話したのは、昔の時代のことなんだ。フランスも今ではすっかり変わってしまってね、万事が金銭ずくの国になってしまったんだよ。すべてを牛耳《ぎゅうじ》ってるのはごく少数の門閥《もんばつ》と、官僚連中なんだ。国王が太陽だとすれば、門閥家や官僚はそれを覆う雲のようなものだ。雲にさえぎられて、太陽の光はひとすじだってきみのところにはさしてこない。たしかに昔、まだ政治の仕組みが今ほど複雑じゃなかったころは、しもじもにまで日がさすこともあったよ。さまざまな才能や能力を持つ人がたくさん取り立てられて、いろいろな方面で活躍した。新しく開墾された土地は、地味《ちみ》が肥えてよい作物ができるだろう、それと同じことだ。だけどね、有為《ゆうい》の者を見出して抜擢できるだけの慧眼を持った国王などめったにいないんだ。凡庸な国王は、取り巻きの大物連中や官僚の言いなりになってしまう」

「じゃあ、その大物ってのを見つけて、引き立ててもらうことにするよ」

「大物連中から引き立ててもらうには、その人たちの野心や快楽のために尽くさなければならないんだ。きみにはそんなことはできやしない。きみは家柄こそないけれど、誠実さという宝を持っているのだから」

「でも、勇ましい働きをして、約束を固く守って、やるべきことはきちんと果たして、誠心誠意変わらない友情で接したら、誰かひとりくらいはおれのことを養子にしてくれるんじゃないか。おじさんが読ませてくれた昔の物語には、そんなのがよくあったよ」

「それはね、昔のギリシアやローマでは、たとえ国が衰えてしまった時代でも、上に立つ者は徳というものに対して尊敬の念を抱いていたからなんだ。けれども、フランスには庶民の出で有名になった人はたくさんいるが、そのうちのひとりとして、名門貴族の養子になったという話は聞いたことがない。どんなに徳のある人でも、もし国王がいなかったら、フランスでは永久に低い身分のままだったろうね。さっき言ったように、昔は国王が有徳の士を立派な身分に取り立ててくれたから、そんな羽目に陥らずにすんだが。しかし今では、高位高官を得るには、金を積むしか手立てはない」

「大物がだめなら、官僚に取り入るよ。連中の主義主張に合わせればいいんだろ、気に入られるには」

「ではきみは、ほかの人たちと同じようにすると言うんだね。出世のために良心を捨てると」

「いや、そんなことない、どこまでも正直を貫くんだから」

「だとすると、気に入られるより憎まれるのがおちだね。そもそも官僚なんてものは、正直さなんて気にもとめない。権力さえ握れば、主義主張などどうでもいいんだ」

「なんてついてないんだ！　どうやっても偉くなれない。報われない仕事を一生つづけるだけなんだ、ヴィルジニーから遠く離れたまま」。そう言ってポールは深いため息をついた。

「いいかい、ポール。後ろ盾になる大物ではなく神のことを考えるんだ。官僚連中ではなく全人類のことを考えるんだ。このふたつだけを考えていればいい。門閥であれ、官僚であれ、人民であれ、国王であれ、誰にもそれぞれ己の価値観があり、己の欲望がある。そういったものに仕えるには、時として道にはずれたことをしなければならない。しかし神や全人類が要求するのは徳だけなんだ。

そもそもきみはなぜほかの人よりも偉くなりたいのだね？　それは自然に背いた感情だよ。すべての人がほかの人より偉くなりたいと考えたら、誰もが他人と争うようになってしまう。神に定められた境遇を受け入れて、自分の義務を果たすようにしたまえ。そして自分の運命を祝福したまえ。きみは自分の良心の声だけに耳を傾けていられるではないか。大物連中のように、自分の幸福を取り巻きの意見に左右されることもない。取り巻き連中のように、生きていくために大物の前に這いつくばることもない。きみはこの島で今の境遇にいるかぎり、ヨーロッパで出世を狙う人たちとは違って、生きるために嘘をつく必要もなければ、人にへつらう必要もない、卑《いや》しいまねをする必要もないんだよ。それに、今のきみは自分が思うままに正しい行いをすることができる。きみは決して責められることはないんだ、どんなに善良で、正直で、誠実で、勤勉で、忍耐強くて、温和で、純粋で、寛大で、敬虔《けいけん》であったとしても。生半可な知識をひけらかす愚か者もやってこないから、花開いたばかりのきみの知恵がしおれてしまうこともない。天はきみに自由と健康と正しい心とよい友人たちをさずけてくれたんだ。きみは国王の寵愛を受けたがっているが、その国王だってきみほど幸せではないんだよ」

「でも、おれにはヴィルジニーがいない！　あの人がいなければ、何も持っていないのと一緒だ。あの人さえいれば、ほかには何もいらないのに。ヴィルジニーはおれにとっての家柄だ。名誉だ。財産だ。大伯母とかいう人がヴィルジニーを名のある男に嫁がせようとしてるなら、たくさん本を読んで勉強して、有名な学者になってやる。これから勉強するぞ。学問を身につけて、自分の知識で国のためにつくすんだ。それなら誰も傷つけないですむ。誰の世話にもならないですむ。おれは有名になるぞ。自分だけの力で名誉を手に入れるんだ」

「ポール、才能というのはね、家柄だとか財産だとかいったものよりずっと手に入れにくいものなんだよ。たしかに才能は比類のない宝だ。誰からも奪われることはない。どこに行っても人から尊敬される。けれどもその反面、大きな犠牲を要求するんだ。あらゆるものを捨ててその道に邁進しなければならない。それだけではない。鋭敏な感受性を備えていなければならないが、その感受性のために同時代の人々からは迫害され、自分だけでなくまわりの人も不幸になるのだ。フランスでは司法官が軍人の名誉をうらやんだり、軍人が船乗りの名誉をうらやんだりすることはない。けれども才能については話が別だ。きみの道はいろいろな人に妨害されるだろう。あの国の連中はみんな、自分にも才能があるとうぬぼれているからね。きみは、人類のためにつくす、と言っていたね。大地から一束でも多くの麦を作り出す人の方が、一冊の書物をあらわす人よりもずっと大きな貢献を人類のためにするんだよ」

「そうだね、このパパイヤを植えた人は、この森に住む生き物に贈りものを残してくれた。それは図書館を建てるよりずっとためになる心のこもった贈りものだ」。そう言いながらポールはヴィルジニーが残したパパイヤの木を抱きしめ、うっとりと口づけした。

「この世でもっともすぐれた書物、それは福音書だ。そこに書かれているのは、平等、

友愛、慈悲、和合だけ。しかしその福音書が、何世紀にもわたってヨーロッパ人の凶暴な振舞いを正当化するために使われてきた。国といわず個人といわず、どれだけおびただしい暴虐が、福音書の名のもとに今なお世界中で行われていることか。そんなありさまを目の当たりにしては、いったい誰が書物を著して人類のためになろうなどと考えるだろう？　思い出してみたまえ、人類に知恵を説いた大哲学者たちの運命がどのようなものだったか。ホメロス[19]はあれほどまで美しい詩句で知恵を説いたのに、一生のあいだ施しを求めてさまよいつづけた。ソクラテス[20]、その言葉と行動でアテナイの民に心をつくして教えを説いたあの哲人は、まさにそのアテナイの民から死刑宣告を受け、毒杯を仰いだ。そのすぐれた弟子プラトン[21]は、自分を庇護《ひご》してくれていた王自身の命令によって奴隷の身分にさせられた。これらの哲人たちより以前には、動物にまで慈愛を注いだピタゴラス[22]が、クロトン人によって生きたまま火炙りにされた。そればかりではない。こういった名高い賢人の姿はたいてい、その特徴を皮肉な風刺で描かれ、歪められた形でしか現在のわれわれには伝わっていない。恩知らずな人間どもは、それを見て面白がっている始末だ。賢人たちのなかにはごくまれに、その栄誉が少しも汚されずそのままの形で現在まで伝わっている者もあるが、それはその賢人が同時代の社会から遠く離れて暮らしていたからだ。ギリシアやイタリアの野原で古代の彫像が無傷のまま掘り出されることがあるだろう。あれは地中深くに埋まっていたために、蛮族の凶暴な破壊を免れたからだ。それと同じことだよ。いいかね、文芸の道で名誉を得るには、深い徳を身につけるだけではいけない。自らの人生を犠牲にする覚悟がなければならないんだ。だが、苦労して手に入れたその

19 生没年不詳。前八世紀頃。古代ギリシア文学史の二大英雄叙事詩『イーリアス』ならびに『オデュッセイア』の作者と伝えられる詩人。

20 前四七〇～前三九九。古代ギリシアの哲学者。アテナイで活動。対話により青年たちを無知の自覚にいたらせ、そこから共に真の知識を探求することを目指した。しかしこの活動は、異教の神を信仰し青年をまどわせたとして告発され、獄中に毒杯をあおいで死んだ。

21 前四二七頃～前三四七頃。古代ギリシアの哲学者。ソクラテスの弟子。シラクサ王ディオニュシオス二世と親交を持ったが、意見の対立から王の怒りを買い、奴隷として売られる。友人の助けで解放され、アテナイに帰国してアカデメイアを創設。理想国家の統治者たるべき人材の養成をはかった。

22 前五七〇頃～前四九〇頃。古代ギリシアの哲学者、数学者、宗教家。魂は不滅であるという輪廻転生を教義の軸とする教団をイタリアのクロトンで立ち上げたが、世俗権力との確執が激しくなり、過酷な弾圧を蒙るようになった。

名誉が、フランスで金持ち連中の興味を引くと思っているのかい？　むろん文学者のことを気にすることくらいはあるだろう。けれどもいくら学問があっても、文学者が地位を得たり、政府に取り立てられたり、宮廷に出入りするようになったりすることはないんだ。今の世の中は富と快楽以外には何事にも無関心だから、まさか迫害されることはないだろうが、いくら知識があり徳にすぐれていても、フランスでは決して偉くはなれない。あの国では金銭だけがものをいうのだから。昔ならば知識や徳は報われもした。教会や裁判所や官庁でさまざまな地位が用意されていたのだ。しかし今では書物を作ることにしか役に立たない。

しかし、この書物というやつは、世間の人から重んじられることはほとんどないが、はじまりは聖書であって、おおもとは天上から与えられたものなのだ。その書物にしかできないことは、世に知られていない美徳に光をあてること、不幸な人々を慰めること、国民を啓発し、たとえ国王に対してであっても臆することなく真実を告げること。これこそがまさに、天がわれわれ人間にさずけてくれたもっとも尊い務めだ。自分の著作が世紀から世紀へ、国から国へ伝わり、誤謬と圧制に対する砦となることを思えば、地位や財産を持つ連中からたとえどんな不正や軽蔑を受けても、それほどつらいとも感じないだろう。そのうえ、今まで誰にも知られず世に埋もれていた者が、そこいらの国王の名声もかすんでしまうほどの名声を手に入れることを思えばなおのことだ。国王の威勢などというものは、取り巻きの追従者がでっち上げてしきりに褒めそやしているだけで、煙のように消え失せ忘れ去られるものでしかない」

「ああ、おれもそんな名声が欲しい。でもそれはただヴィルジニーのためなんだ。ヴィルジニーをその名声で包みこんで、世界にとってかけがえのないものにするためなんだ。それにしてもおじさん、それだけいろんなことを知っているんなら教えてくれ、ふたりが結婚できるかどうか。せめて未来のことを知るためだけにも、おれは学者になりたい」

「未来に起こることがわかってしまったら、誰が生きていたいなどと思うかね。たったひとつの不幸でも、それがやってくることを想像するだけで、あれこれいつまでも悩むではないか。いつ不幸が訪れるか確実にわかっていたら、それまでの日々は地獄の苦しみだよ。それにね、ポール、何事もあまり深く突き詰めて考えてはいけない。天がわれわれに考える能力をさずけたのは、日々の瑣事《さじ》にあらかじめ備えるようにという思し召しからだが、それは同時に日々の瑣事をわれわれに課すことによって、考える能力が際限なく広がっていかないようにというご配慮でもあるのだ」

「おじさんは言ったね、お金さえあればヨーロッパで地位も名誉も手に入る、って。それだったらベンガルに行って金持ちになる。そしてパリでヴィルジニーと結婚するんだ。おれ、船に乗るよ」

「なんだって？　お母さんたちを見捨てていくって言うのかい」

「前にインドへ行けって言ってたのは、おじさんじゃないか」

「あのときはヴィルジニーがここにいたからね。しかし今ではきみだけなんだよ、お母さんたちを支えてあげられるのは」

「ヴィルジニーが面倒みてくれるさ、金持ちの大伯母っていうのに頼んで」

「金持ちなんてものは、自分の得になる人の面倒しかみないものだ。連中の親戚のなかにはラ・トゥール夫人よりもっと気の毒な人もいるけれど、少しも助けてもらえないので、日々の糧を得るため、自由を犠牲にして修道院に入って、一生そこに閉じこもって過ごす者さえいるくらいだ」

「ヨーロッパってのはなんてところなんだ！　ヴィルジニーはここに戻ってこなくちゃいけない。金持ちの大伯母が何だっていうんだ。ヴィルジニーはあの小屋でそれはそれは幸せに暮らしてたのに。紅いスカーフを巻いたり、髪に花を挿したりしてるのがよく似合ってて、本当にかわいかった。帰っておいで、ヴィルジニー、立派なお屋敷なんか捨てて、豪華な暮らしなんか捨てて。帰っておいで、この岩山へ、この森へ、そしてふたりのココヤシのもとへ。かわいそうに、きみは今つらい思いをしてるだろうね」。そう言ってポールは泣き出した。「おじさん、隠さないで本当のことを教えてくれ。ヴィルジニーと結婚できるかどうか言えないなら、せめてあの人がまだおれのことを愛してくれてるかを教えてくれ。国王ともじきじきに話ができるような偉い貴族に取り囲まれていても、それでもおれのことを愛してくれてるだろうか」

「ポール、あの子はきみを愛してるよ。それは確かだ。理由はいくつでもあげられるけれど、なんといってもヴィルジニーは心のまっすぐな娘だからね」

その言葉を聞くとポールは大喜びで私の首に飛びついた。

「でも、おじさんは、ヨーロッパの女の人がみんな嘘つきだと思ってるの？　貸してくれた戯曲や小説に書いてあるみたいに」

「男が暴君であるところでは、女は嘘つきになるのさ。暴力のせいで策略が生まれる。どこであろうと同じだよ」

「どうして男の人が女の人に対して暴君になれるんだろう?」

「女の意見を聞かないで結婚させるからだよ。若い娘を老人と結婚させたり、愛情深い女を冷淡な男と結婚させたりね」

「なぜお似合いの者同士を結婚させないんだろう? 若い者同士とか、愛し合う者同士とか」

「それはね、フランスでは若者はたいてい結婚するだけの財産がなくて、年をとってようやく財産ができるからさ。若いときは人妻を誘惑する。老人になってからは自分の妻の愛情を人に奪われる。若いときには人をだまし、年老いてからはだまされる。これが世界を統べる普遍的正義のあらわれのひとつだよ。極端な行き過ぎがあると、いつも正反対の極端な行き過ぎが起こり、結果として相殺《そうさい》されるようになっている。このようにして、たいていのヨーロッパ人は一生をこの二重の放埒《ほうらつ》のなかで過ごすのだ。しかもこの放埒は、富が少数の者に集中するにつれて、ますます世にはびこるようになる。国家というのは庭のようなものだ。あまりに大きな樹木で影になってしまうと、小さい木々は伸びることができない。だが国家と庭が違うところは、庭ならば大きな樹木が少しあるだけでも充分に美しくなるが、国家が繁栄するためには国民の数が多く、そして平等でなければならず、少数の者だけが豊かになっても意味がないということだ」

「でも、どうして結婚するのに金持ちじゃなきゃならないんだろう?」

「何もしないで楽にその日その日を暮らすためさ」

「なぜ働かないんだ? おれはよく働くよ」

「それはね、ヨーロッパでは手を使ってやる仕事は低く見られているからなんだ。機械仕事などとも呼ばれているんだよ。なかでも土地を耕す仕事はいちばん下に見られている。ヨーロッパでは職人の方が農民よりずっと上なんだよ」

「まさか! ヨーロッパでは人間を養う仕事が軽蔑されてるなんて。わけがわからない」

「自然のなかで育った人間には、社会の堕落頽廃《たいはい》は理解できないものだよ。物事が正しく調和を保っている状態ならはっきりと思い描くことができても、混乱や無秩序についてはそうはいかない。美や徳や幸福には整った秩序があるけれど、醜《しゅう》や悪徳や不幸にはそれがないからね」

「それにしても、金持ちっていうのは、なんて幸福なんだろう。好き勝手に何でも自由にできるし、愛する人を楽しみで満たしてあげられるんだから」

「ところが、金持ちというのはたいてい、楽しみを楽しみとも感じなくなっているのさ。なにしろ、何の苦労もなく楽しみが手に入ってしまうのだからね。きみはよく知っているだろう、休息の楽しみは疲労があるからこそのものだ。食べる楽しみは空腹があるからこそ、飲む楽しみは喉の渇きがあるからこそ。それと同じで、愛し愛される楽しみは、さまざまな不自由や犠牲があるからこそ得られるんだ。しかし金持ちはこういった楽しみをみんな奪われている。富のためにどんな欲求でもたちまち満たされてしまうからだ。そして飽満に浸って退屈するばかりでなく、やがてありあまる贅沢な暮らしからますます尊大になる。どんな大きな享楽にも喜びを感じないくせに、ごく些細な不自由にも心を苛立たせる。何千本もの薔薇の香りも、束の間の喜びしかもたらさない。けれどもそのうちたった一本の棘に指を刺された痛みは、いつまでもしつこく残りつづける。無数の楽しみのうちに紛れ込んだたったひとつの苦しみは富める者にとって、おびただしく咲き乱れる花々にひそむ一本の棘だ。貧者にとっては反対に、無数の苦しみのなかにただひとつでも楽しみがあれば、それは鬱蒼とした茨のなかに咲いた一輪の花。その楽しみをいつまでもしみじみと味わうのだ。物事はすべて対照によってその効果が際立つ。自然というのは何よりも釣り合いを重んじるのだ。こういったことを頭に入れたうえで、きみはどちらがいいかね？　これ以上もうほとんど何も希望がなくて、すべてのことに不安を感じている状態。もうひとつは、不安は何ひとつなくて、あらゆることに希望を見出している状態。はじめのが金持ちの状態で、あとのが貧しい人の状態だ。しかしどちらの状態も極端すぎて耐え難いものだ。人間の幸福とは中庸と徳とにあるのだから」

「いったいどんなものなの、徳っていうのは？」

「ポール、きみのように自分の働きでお母さんたちを支えている者には、徳が何なのか教えてあげる必要はないよ。徳というのは、ほかの人を幸福にしようと骨身をけずること、それもただ神を喜ばせたいという思いに動かされてね」

「それじゃあヴィルジニーは本当に徳が高いんだ。お金持ちになりたいと思ったのも、おれたちみんなを幸福にするため、つまり徳のためだったんだ。おれたちを幸福にするために島を出ていったんなら、おれたちを幸福にするために戻ってきてくれるはずじゃないか」

ヴィルジニーがまもなく戻ってくると思うと、ポールは目の前がぱっと明るくなり、今までの不安も消え失せた。ヴィルジニーが手紙をくれないのは、もうすぐ帰ってくるからだ。風向きさえ良ければ、ヨーロッパからたいして日数もかかりはしない。ポールは、一万八〇〇〇キロの航路を三カ月もかからずにやってきた船を数えあげた。ヴィルジニーの乗ってる船は二カ月もかかるまい。今では船の設計もずいぶん進歩したし、水夫もずっとうまく船を操るようになっているのだから。ポールはヴィルジニーを迎える準備についてあれこれと話した。新しく小屋を建てよう。ヴィルジニーが自分の妻になったら、毎日ああやって喜ばせよう、こうやって驚かせよう。自分の妻、という考えがポールを夢中にさせた。

「おじさんも、もうこれからは楽しいことだけしながら暮らせばいいんだよ。ヴィルジニーはお金持ちなんだから、おじさんのかわりに働いてくれる黒人をたくさん手に入れてあげる。いつもずっとおれたちと一緒にいて、遊んだり気晴らししたりすることだけ考えるんだ」

そう言うとすっかり舞い上がって、自分の喜びを母親たちに伝えに急いで帰っていった。

だが、いくらも経たないうちに、その大きな希望にかわって大きな不安がポールを襲った。激しい情熱は人の心をいつでも極端から極端へと押しやるものである。ポールは次の日にはもう沈みきった顔をして私のところへやってきた。それからもしばしば訪れては言うのだった。

「ヴィルジニーはちっとも手紙をくれない。ヨーロッパを発ったのなら、きっと知らせてくるはずなのに。ああ、きっとあの噂は嘘じゃなかったんだ。大伯母があの人を偉い貴族と結婚させちまったに決まってる。あの人も世間の女たちと同じ、財産に目がくらんで、堕落しちまったに決まってる。本には女の人の姿がことこまかに描かれているけれど、あれを読めば、変わらない愛情なんて、小説のお題目でしかないことがよくわかる。もしヴィルジニーが変わらない愛情を持ってたら、自分の母親を見捨ててたり、おれを見捨てたりはしなかったはずだ。こっちはずっと思いつづけてるのに、むこうはすっかり忘れてる。こっちがこんなに苦しんでるのに、むこうは毎日面白おかしく暮らしている。ああ、そう考えると目の前が真っ暗になる。仕事も手につかない。人と口をきくのもいやだ。インドで戦争でもはじまればいいのに。そしたら戦争にいって死ぬんだ」

「いいかい、ポール。死に向かって飛びこむ勇気は一瞬の勇気でしかない。世間の人たちのむなしい喝采を浴びるだけのものだ。しかし勇気には、そんなものよりも得難いけれど、ずっと必要な勇気というのがある。それは人から認められることもなく、賞賛されることもなく、来る日も来る日も人生の艱難を耐え忍んでいく勇気、つまり忍耐だ。忍耐というのは、他人の意見や、自分の衝動的な情熱に左右されることはなく、神の意志にもとづいている。忍耐というのは、徳と結びついた勇気なんだよ」

「それじゃあ、おれには徳なんてない。すぐに打ちのめされて、絶望に襲われるんだから」

「いつでも変わらず、むらのない確固とした徳、なんて人間にはさずけられていないよ。さまざまな情念に心がざわめき、理性はかき乱されたり、曇らされたりする。しかしこの世界には、理性の松明《たいまつ》が暗くなったときにふたたび火をともしてくれる灯台がある。それが文芸だ。

文芸というのは天からの救いなんだ。全宇宙を統べる知恵の光が、天賦の才をさずかった人間の手によって地上にあらわれてきたものなんだ。太陽の光と同じで、明るく照らし、楽しみを与え、身も心もあたためてくれる。文芸は神聖な火なんだよ。地上の火がそうであるように、その神聖な火によって、われわれ人間は自然界のあらゆるものを自分たちの役に立てることができる。自分たちのまわりに、さまざまな事物や場所や時代を集めることができる。文芸は人としての生き方のあるべき姿を思い起こさせてくれる。情念をしずめ、悪徳を抑制してくれる。模範となる偉人たちを褒めたたえて立派な姿で描き出すことで、人の心を徳へと向かわせてくれる。文芸、それは人類の苦悩をやわらげるために地上に降り立った女神《ミューズ》たちだ。その女神に霊感を吹き込まれた大作家たちはいつでも、社会が大きな困難に直面した時代にあらわれてきた。野蛮と頽廃が支配する時代にあらわれてきた。いいかい、ポール。文芸というのは、きみよりもずっと不幸な無数の人々を慰めてきたんだよ。たとえばクセノフォン。[23]この人は一万人のギリシア人を祖国へ送り返した挙げ句、かえって祖国から追放された。たえずローマ人の中傷の的となったスキピオ・アフリカヌス、[24]権謀術数に巻きこ

23　前四二六頃～前三五五頃。古代ギリシアの著作家・軍人。ソクラテスの弟子。平明・率直な文体で書を綴り、戦記『アナバシス』などを執筆。アテナイ人の彼は、スパルタ王の知遇を得てスパルタ軍に加わることになったが、スパルタとテーベ（アテナイの同盟国）との戦争に巻き込まれ、故国の軍を敵にまわして戦う羽目になり、アテナイを追放された。のちに追放が解かれ、アテナイに帰国することができた。

まれたルクルス[25]、めざましい手柄をあげながら宮廷で不遇をかこったカティナ[26]などもいい例だ。創意の才に富むギリシア人は、文芸を司る九人の女神[27]ひとりひとりに、人間の悟性の一部を割り当て、それを支配させた。したがってわれわれの情念は、その女神たちの手で軛《くびき》や轡《くつわ》をかけてもらい、野放図に動き回らないよう統御してもらうことになっている。女神たちは、激しく暴れるわれわれの魂を前にして、季節のうつりかわりを司る女神ホーラたちが、日輪《にちりん》の駿馬《しゅんめ》の手綱《たづな》を引いて御《ぎょ》するのと同じ役割を果たすのだ。

だからポール、書物を読みなさい。書物を書き残してくれた賢人たちは、不幸の小径をわれわれより先にたどっていった旅人だ。すべてに見捨てられ、希望のかけらまでも失ったとき、手をさしのべてくれ、ともに歩んでくれるのだ。よい書物はよい友人と同じなんだよ」

「ヴィルジニーがここにいるときは、読めるようになる必要なんかなかった。ヴィルジニーも勉強なんてしてなかったけど、ヴィルジニーに見つめられて、やさしく呼びかけてもらえば、もうそれだけで悲しみなんてどこかになくなってしまったんだ」

「その通りだ。自分を愛してくれる恋人ほど、一緒にいて楽しいものはない。そのうえ女というのは、軽やかな快活さがあって、男の悲しみを追い払ってくれる。愛らしい美しさで、暗い考えなど消し去ってくれる。やさしい魅力と、信頼しきった安らぎに満ちたその表情。女の喜びは、男の喜びをいっそう生き生きとしたものにしてくれる。女が微笑むだけで眉間に刻まれていた皺もやわらぎ、女が涙を流せば怒りもしずまる。今きみは冷静さを失っているけれど、帰ってくるヴィルジニーはずっと落ち着いていることだろうね。でも、庭がきちんと手入れされていないのを見たら、驚くのではないかな。あの子はお母さんやきみから遠く離れた国で、大伯母さんにつらい仕

24　前二三六～前一八四。共和政ローマ期の軍人、政治家。大スキピオとも。第二次ポエニ戦争でハンニバルを破り救国の英雄となったが、晩年は政敵の攻撃にさらされ、政界を去った。ローマを離れ、ギリシアの文芸に親しみつつ田園生活を送り、孤独な最期をむかえた。

25　前一一七～前五六。共和政ローマ末期の軍人、政治家。引退後は、学問・芸術の愛好家、また当代きっての大金持ちとして豪奢な生活を楽しんだが、晩年には精神錯乱に陥ったと伝えられている。

26　ニコラ・カティナ。一六三七～一七一二。フランス・ブルボン朝の軍人。数々の戦功をあげ元帥に叙任されたが、スペイン継承戦争での敗北により、ルイ一四世の寵を失う。

27　ギリシア神話における、詩歌・文芸・音楽・舞踊・学問など人間の知的活動をつかさどる九女神。

打ちを受けているあいだ、あの庭を美しくすることばかりを考えつづけていたのに」

ヴィルジニーがもうすぐ帰ってくるという考えに、ポールはふたたび元気を取り戻し、畑仕事にも精を出すようになった。どんなに苦しくても、自分の仕事にはヴィルジニーを喜ばせるという目的があると思うと幸福だった。

ある日の夜明けごろ——一七四四年一二月二四日のことだが——ポールが起きて外に出てみると、見張山の上に白い旗が立っていた。沖合に船が見えるという合図だ。あの船はヴィルジニーからの便りを運んできたのではないか。ポールは大急ぎで町まで駈けていった。水先案内人はいつものように、近づいてくるのがどんな船なのか調べるため、すでに港を出ていた。ポールはその帰りを待つことにした。水先案内人が戻ってきたのは、ようやく夕方になってからだった。総督への報告によると、船はサン・ジェラン号、七〇〇トンで船長はオーバン氏。沖合一六キロに停泊中。風向きさえよければ、明日の午後にはポール・ルイに入港する、とのことだった。そのときは風がまったく吹いていなかったのだ。総督に手渡されたフランスからの郵便のなかに

は、ラ・トゥール夫人にあてたヴィルジニーの手紙もあった。ポールは奪うようにしてその手紙を受け取ると、夢中になって口づけしてからふところに入れ、後ろも見ずにうちへと走った。家族の者は《別れの岩》に立って、ポールの帰りを今か今かと待っている。その姿が目に入ると、ポールは何も言えずただ手紙を高々と差しあげて見せた。一同はさっそくラ・トゥール夫人の小屋に集まって、手紙を読んでもらった。

ヴィルジニーは母親にこう書き送っていた。自分は大伯母からずいぶんひどい仕打ちを受けて、むりやり結婚させられそうになったが、どうしても承知しなかったため、相続権を取り消されたうえ、フランス島へ追い返されることになった。しかしそのまだと島に到着するのが恐ろしい暴風雨の季節にあたってしまう。なんとか大伯母の怒りをなだめようと、自分が母親からなんと言い聞かせられていたのか、小さいころからどのように育てられてきたのかを話して、その縁談をどうしても承知できないわけを説明しようとした。けれどそのかいもなく、大伯母は自分のことを狂人あつかいし、小説の読みすぎで頭がおかしくなったとののしった。今の自分の心を占めているのは、なつかしい家族と再会して抱き合う幸福だけ。もし船長が、水先案内人が乗ってきたボートに乗り移るのを許してくれれば、今日中にでもその願いをかなえることができるのだけど、陸から遠いうえに、海は風もないのに波が高い、という理由でそれを許してもらえなかった。

この手紙が読みあげられると、一同は喜びにわれを忘れて口々に「ヴィルジニーが帰ってきた！」と叫び、主人も召使いもみんな互いに抱き合った。ラ・トゥール夫人がポールに「長尾根のおじさんのところへ行って、ヴィルジニーが帰ってきたことをお伝えして」と言うと、ドマングはすぐに《夜廻りの木》の松明に火をつけ、ポールと一緒に私のところへ向かった。

かれこれ夜の一〇時ごろだったろうか。ランプを消して床についたとき、小屋の柵の向こうに明かりがひとつ見えた。すぐにポールが私を呼ぶ声が聞こえてくる。慌てて起き上がって服を着るか着ないかのうちに、息をはずませたポールが夢中になって私の首に飛びついてきた。

「さあ行こう、早く。ヴィルジニーが帰ってきたんだ。港に行こう。夜明けには船が着く」

私たちはすぐに出発した。長尾根の森を抜け、はやくもパンプルムスから港へつづく道をたどる。と、そのとき、背後に誰かが歩いてくる足音が聞こえた。見ると、ひとりの黒人が息せき切ってやってくる。どこからやってきたのか、そんなに急いでどこへ行くのか、その男が追いつくと、私はたずねた。

「プードル・ドール地区からきたんですがね、これから港に行って、総督さまにお伝えしなきゃならんのです。フランスからきた船が琥珀島《アンブル》に錨を下ろしてるって。大砲を撃って助けを求めてるんですよ、海が大荒れに荒れてるんで」

それだけ言うと男はすぐにまた道をつづけた。私はポールに言った。

「プードル・ドールの方へ行こう、ヴィルジニーを迎えに。ここから一二キロくらいしかないから」

私たちは道を反対に取り、島の北の方角へ向かって歩きはじめた。息が詰まるほどの暑さだった。月は出ていたが、まわりには三重の暈がかかっている。夜空はひどく暗い。濃い黒雲が低く垂れこめている。雲間をひっきりなしに走る稲妻。黒雲は島の内陸に群がり厚く積み重なっていく。海からは別の黒雲がすさまじい速さで続々と押し寄せてくる。だが風はそよとも吹いていない。歩きながら、雷鳴が轟くように思ったが、耳を澄ますとそれは山に反響する大砲の音だった。嵐をはらんだ空、そのしたに響く遠い大砲の音、私はぞっとした。あれは危機に瀕した船が放つ必死の合図だ。疑いようもない。しかし半時間もすると、その音は聞こえなくなった。さっきまでの不気味な轟きよりもこの沈黙の方が、はるかに不吉なものを感じさせた。

ひたすら道を急ぎながら、私たちはひとことも言葉を交わさず、胸にわだかまる不安を互いに口にすることもなかった。真夜中すぎになってようやく、プードル・ドール地区の海岸に汗まみれになって到着した。押し寄せる波はものすごい音をたてて海岸に砕け、まばゆいほど白い飛沫《しぶき》をきらめかせながら、岩場や砂浜に襲いかかってくる。あたりは闇に包まれていたが、その純白の水泡《みなわ》にうっすらと照らされて、浜に引き上げられた漁師の丸木舟が見てとれる。

少し離れたところ、森がはじまるあたりでは、焚き火を囲んで島の住民が何人か集まっていた。私たちもそこで夜が明けるのを待つことにした。腰を下ろして火にあたっていると、居合わせた人のひとりが語りはじめた。

「今日の午後、沖合に船が見えたんだが、潮の流れのせいでフランス島の方に流されていた。日が暮れちまって船は見えなくなった。けれども日没から二時間ばかりしてからかな、大砲の音が聞こえてきた。助けを求めてるんだよ。ところが、海が荒れてて、助けに行きたくても船を出すことはできん。そうこうしてるうちに、船の明かりが見えたような気がしたんだ。もしそうなら大変だ。岸に近寄りすぎてる。ポール・ルイの港に行くには、本当なら沖にある照星《コワン・ド・ミール》島のそばを通らなきゃならんのだが、取り違えて、すぐそこの琥珀《アンブル》島のそばを通ろうとして、あの島と陸のあいだのせまい海にはまりこんじまったのかもしれん。いや、そうはっきり決まったわけじゃないが、万が一そうなったんだとしたら、ものすごく危険だぞ」

　それを聞いて別の人が口を開いた。

「おれは何度も琥珀《アンブル》島と陸のあいだを通り抜けたことがあるぜ。もちろん深さも測った。錨を下ろすのに申し分ないね。あそこに入った船は、どんないい港に入った船にも負けないくらい安全さ。あそこに停泊してる船だったら、おれは全財産を積んでても何の心配もしないよ。船のなかにいても、陸地と同じくらい安心して眠れるね」

さらに別の人はこう語った。

「あの大きな船が琥珀《アンブル》島と陸のあいだのせまい海に入りこめるわけないじゃないか。せいぜい大型ボートが通れるくらいのもんなんだから。わしもあの船を見たが、琥珀《アンブル》島の向こうに錨を下ろしてたぞ。朝になって風さえ吹けば、沖に出るのも、港に入るのも、好きなようにできるだろうよ」

居合わせたほかの人々も口々に自分の意見を披露した。連中が島の住民の常としていつまでも延々と話しつづけているあいだ、ポールと私はじっと押し黙っていた。

やがて少しずつ夜が明けてきた。しかし空は相変わらず暗く、海の上にはまだ何も見分けられない。そのうえ海は一面濃霧に包まれていて、黒々とした雲の塊のようなものが沖にぼんやりと見えるだけだ。聞くとあれが琥珀《アンブル》島、岸から一キロのところにあるという。あたりはまだ暗く、文目《あやめ》もわからない。かろうじて見えるのは私たちがいる浜辺の突端、そして後ろを振り返れば、内陸にそびえる山々の尖峰が渦巻く雲のあいだから姿をのぞかせるのも時折見えた。

朝の七時ごろだった、森のなかから太鼓の音が聞こえてきた。総督のラ・ブルドネ氏が、小銃を担いだ一隊の兵士と大勢の島の住民と黒人たちをしたがえて、馬でやってきたのだ。総督は兵士を海岸に並ばせると、一斉射撃を命じた。一斉射撃が終わるやいなや、海の上に一筋の光がほとばしり、ほぼ同時に大砲の音が轟いた。船はそれほど遠くない。誰もがその閃光が見えた方へ走った。たちこめる濃霧の向こうに、大きな船体と帆桁《ほげた》が見える。船はすぐそこだ。あたりを満たす激しい波音にもかき消されず、作業を指揮する船長の笛の音が聞こえてくる。「国王万歳」を三唱する水夫の声が聞こえてくる。フランス人は「国王万歳」の叫びを歓喜のときだけではなく、恐ろしい危険のさなかでも発するのだ。それはまるで、国王に救いを求めているようでもあり、国王のために死ぬ覚悟ができていることを大声で宣言しているようでもある。

サン・ジェラン号は、救援の手がすぐそばまで差しのばされていると知ってからはずっと、三分ごとに大砲を撃ちつづけていた。総督は砂浜のあちこちに篝火《かがりび》を焚かせる一方で、近くの住民のもとから食料や板子《いたご》や綱や空樽《あきだる》を集めさせた。やがて食料や船具を担いだ黒人を連れた人たちが、プードル・ドールの村から、隣のフラック地区から、近くのランパール川周辺から、続々と集まってきた。そのなかでいちばんの長老が総督の前に進みでて言った。

E.BRANSTON

「総督さま、山からは夜通し地響きのような低い音が聞こえてました。森では風もないのに木の葉がざわめいています。海からはたくさんの海鳥が陸地に向かって逃げてきてます。これはみんな嵐のまえぶれにほかなりません」

「わかっている。われわれはそれに備えて準備しているのだ。船の方でもそうしているはずだ」

実際、すべてが嵐の訪れを告げていた。天頂にかかる雲は中心部がどす黒く染まり、まわりが赤銅色《しゃくどういろ》をしている。空にはおびただしい数の海鳥の鳴き声が、耳を聾するばかりに響く。熱帯鳥《ネッタイチョウ》、軍艦鳥《グンカンドリ》、アジサシ、海鳥たちは暗闇のなか、逃げ場を求めて、水平線のあらゆる方向からこの島へと集まってくるのだ。

朝九時ごろ、海の方からすさまじい音が聞こえてきた。まるで山が崩れ、土石流が押し流されてきたかのような轟音だ。「嵐だ！」一同が叫んだとたん、猛烈な旋風が起こり、琥珀《アンブル》島のあたりを覆っていた濃霧を一瞬のうちに吹き払った。サン・ジェラン号がはっきりとその姿をあらわす。人であふれる甲板《かんぱん》。帆桁や中檣《トップ・マスト》は上甲板に下ろされ、救助を求める半旗がひるがえっている。船首には四本、船尾には一本の錨索《いかりづな》。船は琥珀《アンブル》島と陸のあいだ、フランス島を取り巻く暗礁の手前に錨を下ろしていた。これまでどんな船舶も入ったことのない暗礁の隙間からそこに入りこんでしまったのだ。船は船首を沖から押し寄せる波に向けていた。激しい波が襲いかかってくるたびに、船首がぐわっと持ち上がって船底があらわになる。反動で船尾は沈みこんですっかり見えなくなり、波間に飲みこまれてしまったのではないかと思えるほどだ。すさまじい風と波にたえず陸地へと押し流されているこの状態では、入ってきた暗礁の隙間を抜けてもう一度外に出ることはとうていできない。しかしかといって錨索を切って海岸に乗り上げることもできない。船と陸地のあいだの浅瀬にはいたるところに岩礁が突き出していて、座礁は免れないからだ。

波濤は次から次へ怒号をあげて入り江の奥までなだれこみ、海岸から一五メートル以上離れた陸の上まで小石を打ち上げる。波が引いていくときには、むき出しにされた岸辺の底を、砂利が陰にこもった鈍い音をたてて転がっていく。吹きつける風に波はますます荒れ狂い、琥珀《アンブル》島と陸のあいだの海は、逆巻く渦に一面が白くわきたつ。水泡《みなわ》は入り江の奥にかたまって二メートル近い高さにまで盛りあがり、強風にあおられて宙を舞うと、岸辺の断崖を越えて二キロ以上離れた内陸まで飛んでいく。山のふもとに横ざまに降りつもるその真っ白い波の花は、まるで海から雪が湧き出したかのようだ。

嵐は長びきそうだった。海と空は境目がはっきりとしない。沖合からは禍々《まがまが》しい形の雲が次々と湧き、鳥が飛ぶようなすさまじい速さで真上を流れていくが、ほかの雲は巌のごとく頑なにひとところにとどまっている。天空には青いところはひとかけらもない。陸といわず海といわず空といわず、あらゆるものがどんよりとした鈍色《にびいろ》の光に浸されていた。

と、激しく揺れつづけている船に、誰もが恐れていた事態が起こった。船首の錨索がすべてひきちぎれてしまったのだ。船尾の錨索だけでつなぎとめられた船は、岸から一〇〇メートルばかりのところにある岩に激しく叩きつけられた。陸から見ていた者は声をそろえて悲嘆の叫びをあげた。ポールはとっさに海へ飛びこもうとしたが、私は慌ててその腕を摑んだ。

「ポール、死にたいのか」

「助けに行かせてくれ！　だめなら死なせてくれ！」

絶叫したポールは、絶望のあまりすっかり分別をなくしていた。ドマングと私は万一のことを恐れて、ポールの腰に長い綱を結びつけ、その端をしっかり握っていた。

ポールはサン・ジェラン号に向かい、波間を泳いだり暗礁を歩いたりしながら近づいていく。もう少しで船にたどり着けるかもしれない。そう思えるのは、海の動きは気まぐれで、時として船を取り巻いていた海水がすっかり引き、その周囲を歩きまわれるまでになるからだった。しかし、波はすぐにまた恐ろしい勢いで押し返してくる。大きなうねりが船を飲みこみ、船首の底を高々と持ち上げるとともに、ようやくそばまでやってきたポールを海岸のずっと奥へ投げとばす。足から血を流し、胸は無数のあざに青く染まり、溺れかけ息もたえだえなポールは、それでも意識を取り戻すとすぐにまた起き上がり、必死になってふたたび船に向かっていく。だがそのあいだにも、船には猛り狂った波が何度も襲いかかり、とうとう船体が大きく裂けてしまった。乗組員は、もう助かる望みがないと覚悟し、帆桁、板子、鶏籠《とりかご》、テーブル、空樽、手近なものにすがって次々と荒海に飛びこんでいった。

そのときだ、ひとりの少女がサン・ジェラン号船尾の看望台にあらわれたのは。あの姿を思い出すたびに、私は決して消えることのない哀惜の思いに苛まれる。少女は、自分のもとへやってこようと必死になっている若者に手をさしのべていた。ヴィルジニーだ。押し返されても押し返されても立ち上がって向かってくる果敢さに、それが自分の恋人だと気づいたのだ。あの愛らしい少女が荒れ狂う危険に身をさらしているのを見て、誰もが悲嘆と絶望に包まれた。ヴィルジニーは凜とした気高い物腰で私たちに手を振った。それは永遠の別れを告げているようだった。水夫は全員海に飛びこんでしまい、甲板にはもう最後のひとりしか残っていない。素裸でヘラクレスのように筋骨隆々とした男だ。男はうやうやしくヴィルジニーに近づく。あの子の足元にひざまずくと、なんとか衣服を脱いでくれるよう、しきりに説得している。しかしヴィルジニーは毅然とそれを断り、男から顔をそむける。見守る人たちからは、前よりいっそう激しい叫びが上がる。

「助けてやれ！　なんとしてもその人を助けてやれ！　そばを離れるんじゃないぞ！」

だがその瞬間、山のような大波が琥珀島《アンブル》と陸のあいだの海になだれこみ、不気味な咆哮をあげながら船に襲いかかり、どす黒いうねりに白い波頭を逆立てて迫ってきた。水夫はこの恐ろしい光景に怯えて、ひとりで海に飛びこんでしまった。ヴィルジニーはもはや死が避けられないことをさとり、片手で衣服をおさえ、もう片手を胸にしっかりとあて、澄んだ瞳で天を仰いだ。その姿は、空高く舞い上がろうとする天使に見えた。

なんと痛ましい日だったことか。怒濤は無残にもすべてを飲みこんだ。同情にかられて思わずヴィルジニーの方へ駈けだした人たちはどっと押し戻され、ヴィルジニーを抱いて泳ごうとしたあの水夫も岸に激しく打ち上げられた。九死に一生を得たその男は、砂浜にひざまずきながら言った。

「ああ、神さま、この命を救ってくれて感謝します。でも、おれの命なんかどうでもよかった、あのお嬢さんさえ助かれば。あの気高いお嬢さんは、おれみたいに服を脱ごうとしなかったばかりに……」

私はドマングと一緒に、ポールを波間から引き上げた。口からも耳からも血を流し、意識を失っている。総督はすぐにポールを医者に手当てさせるよう命じた。ほかの者たちは岸辺を歩きまわって、ヴィルジニーの亡骸《なきがら》が打ち上げられていないかと探した。しかし、嵐の際によくあるように風が突然変わったために、あの子の亡骸が見つからず、きちんとした埋葬をしてやれないのではないかと胸が痛んだ。一同は悄然《しょうぜん》とうなだれて引き揚げていった。サン・ジェラン号の難破では多くの人の命が奪われたが、誰の心もひとりの少女の死に深く打ちのめされていた。あの清らかな行い正しい少女が、かくも痛ましい最期をとげたのを目の当たりにしては、神が存在するのかさえわからなくなってしまう者も少なくなかった。世の中には往々にして、あまりに悲惨であまりに理不尽なために、どんなに思慮深い人でも希望を打ち砕かれてしまうほどの不幸というものがあるのだ。

そうしているあいだに、人々はようやく息を吹き返したポールをとりあえず近所の家に運び、うちに連れていけるようになるまで休ませることにした。ヴィルジニーの母親とポールの母親にこの悲しい事件を伝えなければならない。私とドマングは、ポールをそこに残して戻っていった。しかしラタニア川の谷の入り口までくると、そこにいた黒人たちが、向かいの湾に船の残骸がたくさん打ち上げられている、と教えてくれた。私たちは大急ぎで湾に向かった。波打ち際ではじめに目に入ったのは、まぎれもないヴィルジニーの亡骸。最後に見たときと同じ恰好で砂に半ば埋まっている。苦痛の色はない。目は閉じているが、穏やかな顔だ。ただ、頬には薄い菫色《すみれいろ》の死の影が、羞恥《しゅうち》の薔薇色《ばらいろ》と混ざっている。片手で衣服をおさえ、もう片方の手は胸の上で固く握りしめられている。その手をなんとか開かせると、握っていたのは小さなペンダント。そのなかに収められた聖パウロの肖像を見たとき、どれほど驚いたことか。それは、命あるかぎり肌身離さず持っていると誓ったあの肖像だった。ヴィルジニー

の変わらぬ心と愛情の最後の証《あかし》を目の前にして、私はただただ涙を流すことしかできなかった。ドマングは自分の胸を激しく叩きながら、悲痛な声をふりしぼって泣いた。私たちはヴィルジニーの亡骸を漁夫の小屋に運び、マラバル人の貧しい女たちにあずけ、丁寧に洗い清めてもらうことにした。

その悲しい務めを任せて、私たちは重い心をひきずりながら農園へとつづく道を登っていった。ラ・トゥール夫人とマルグリットは船からの便りを待ちわびて祈っていた。夫人は私の顔を見るなり叫んだ。

「娘は、わたしの娘はどこです？　あの子はどこにいるのですか？」

けれど私が何も言わず、ただ涙を流すばかりなのを見て、夫人は不幸をさとった。激しい苦悶に身を引き裂かれて息を詰まらせ、もはや声にもならず、もれるのはため息とむせび泣きだけだった。一方、マルグリットも、

「うちの息子は？　あの子がいないわ！」

そう叫んで気を失った。私たちはマルグリットのもとに駆けより、ポールは生きている、総督があの子の手当てをさせている、と言って安心させた。気を取り直したマルグリットは、すぐに夫人の介抱にかかった。夫人は時々長い失神状態に陥り、一晩

中ひどく苦しんでいた。私は、いつまでもつづくその発作を前に、子を失った母の悲しみは、どんな悲しみとも比べようもないほど深いものだとしみじみと感じた。夫人は意識を回復しても、どんよりうつろな目を天井に向けたままだった。マルグリットと私がいくら手を握ってもだめだった。やさしく呼びかけてもだめだった。昔からの友情をどんなにつくしても、夫人は心を閉ざしたまま、鈍いうめき声をもらすだけだった。

夜が明けると、ポールが駕籠で運ばれてきた。意識はすっかり回復していたが、まだひとこともものが言えなかった。ポールが母親やラ・トゥール夫人と顔を合わせたらどんなことになるか、私ははじめ心配していた。だがそれは杞憂にすぎなかった。私がそれまでに施した手当てよりもずっとよい結果を生んだのだ。悲しみに沈むふたりの母親の顔にはほっとした色があらわれ、互いにポールに寄り添い、抱きしめてキスをした。それまではあまりに悲しみが大きすぎて流れ出すこともなかった涙が、ふたりの目から一度にどっとあふれた。ポールも一緒になってさめざめと泣いた。不幸に打ちひしがれた三人は、涙を流したおかげで心が少し落ち着くと、これまでの張り詰めた悲嘆から解き放たれて、長い眠りに落ちていった。そして死にも似た昏睡《こんすい》によって、傷ついた心を休めることができたのだった。

ラ・ブルドネ氏は私のもとへ密かに使いを寄こして、ヴィルジニーの亡骸は自分の命令でポール・ルイの町へ運んできてあり、まもなくパンプルムスの教会に移される手はずになっている、と伝えた。すぐに町へ下りていくと、そこには島中の人たちが、ヴィルジニーの葬式に参列しようと集まっていた。まるで島のもっとも大切な人を亡くしたかのようだった。港では、船という船が帆桁を交差させ、半旗をかかげ、長い間《ま》をおいて弔砲《ちょうほう》を撃っていた。葬列の先頭は儀仗兵《ぎじょうへい》。銃を逆向きに担いでいる。長い喪章で包まれた太鼓の哀しい音色。これまで幾多の死線を顔色ひとつ変えずくぐりぬけてきた兵士たちの顔にも、哀悼の色が浮かんでいる。そのすぐ後ろには島の名家の八人の令嬢。純白の服に身を包み、棕櫚《シュロ》の枝を手にしながら、花に埋もれたヴィルジニーを納めた柩《ひつぎ》を運んでいく。そして賛美歌を歌う子どもたちの合唱隊。その後に島の有力者やおもだった役人、それから総督とつづき、さらには大勢の住民が長い列をなしてついていく。

これは、ヴィルジニーの徳をたたえるために、役所の命令で執り行われたものだった。しかし整然としたその葬列も、この山のふもとにさしかかり、ヴィルジニーが幸せな日々を送った小屋、そしてあの子の死によって絶望の淵に沈んでいる小屋が見えると、すっかり乱れてしまった。賛美歌も哀悼の曲もやみ、あたりの平地にはもう嘆《たん》息《そく》とすすり泣きしか聞こえない。と、近所に住む若い娘たちが何人も駈けよってくる。娘たちは、聖女の名を呼ぶようにヴィルジニーの名を呼びながら、その柩にスカーフやロザリオや花冠を捧げようとする。誰もが神に向かって、自分にもヴィルジニーのような人をお与えください、と祈っていた。母親はあの子のようなよい娘を。若者たちはあの子のような真心あふれる恋人を。貧しい人々はあの子のようなやさしい友人を。奴隷たちはあの子のような思いやりある主人を。

ヴィルジニーの亡骸が墓地に着くと、マダガスカルやモザンビークの黒人の女たちが、故郷の習慣にしたがって柩のまわりに果実の籠を並べ、まわりの木々に色とりどりの布をかけた。インドのベンガルやマラバル沿岸からきた女たちは、何羽もの鳥を入れた籠を持ってきて、柩の上でそれを空に放した。ひとりの少女の死は、民族を越えてあらゆる人の胸を打ち、若くして散ったその清らかさ、心の正しさによって、宗教を越えてあらゆる人を墓のまわりに集めたのだった。

墓穴のそばには番人を置いておく必要があった。貧しい暮らしを送る娘たちのなかには、もうこの世には何の慰めも望むことはできないから、親切にしてくれたただひとりの人と一緒に死ぬしかない、と泣きながら、夢中になって墓穴に飛びこもうとする者もいたからだ。

ヴィルジニーの亡骸は、パンプルムスの教会の西にある竹林の陰に葬られた。そこはかつて家族そろって日曜のミサにきたとき、あの子が好んでポールと一緒にひと休みした場所だった。

葬式の帰り、ラ・ブルドネ氏はわずかの部下だけを供に連れてここまで登ってきた。総督はラ・トゥール夫人とマルグリットに、できるかぎりの援助をしよう、と申し出た。また、言葉少なに、けれども激しい怒りをこめて、薄情な伯母を非難した。それからポールのそばに寄り、なんとか慰めようと、

「私はきみやご家族を幸せにしてあげたかったのだ。そのことは神もよくご存じだ。なあ、ポールくん、ぜひともフランスへ行きたまえ。軍務につけるように世話してあげよう。留守中のことは心配しなくていい。お母さんたちのことは、私が肉親同様にお世話するから」

と言って手を差し出した。しかしポールは手を引っ込め、顔をそむけた。

私はそのまま小屋にとどまった。不幸に打ちのめされた三人をできるだけ助けたいと思ったのだ。三週間が経つと、ポールは歩けるまでに回復した。しかし体力を取り戻すにつれて、悲しみはいっそう深まっていくようにも見えた。何事にも関心を示さず、目はうつろ。何を聞いても答えない。憔悴《しょうすい》しきったラ・トゥール夫人はポールによくこう言った。

「ポール、あなたを見ていると、かわいいヴィルジニーが目の前にいるような気がしてきますよ」

ヴィルジニーの名前を聞くと、ポールはびくっと身体を震わせ、夫人のもとから離れる。母親がいくら夫人のそばに戻ってくるように言っても無駄だった。ポールは小屋を出てひとりきりになると、ヴィルジニーのココヤシの木陰に座り、あの子が好きだった泉をじっと見つめるのだった。総督からつかわされて三人をとても丁寧に診てくれた医者は、ポールを暗い憂鬱から抜け出させるには何でもしたいようにさせておくことだ、それ以外には頑なに守りつづけている沈黙を打ち破る術《すべ》はない、と言った。

私はその忠告に従うことにした。ポールは体力が少し回復してきたある日、ふらりと地所の外へ出ていった。私は目を離さず見守っていたので、ドマングに食べ物を持ってついてくるよう頼んで、すぐにその後を追った。ポールは、この山を下りるにつれて、次第次第に気力も体力も取り戻していくように見えた。まず向かったのは、パンプルムスへの道。教会のそばの竹の並木道にくると、埋め返されたばかりで土の色が周囲と違うところへまっすぐ歩いていった。そしてそこにひざまずくと、天を仰ぎ、長いあいだ祈った。私にはこの振舞いが、ポールに分別が戻ってきたよい兆候だと思われた。神に対する信頼のあらわれは、自然な心の働きを取り戻しつつあることを示しているからだ。ドマングと私もポールにならってひざまずき、一緒に祈りを捧げた。やがてポールは立ち上がり、私たちにはほとんど目もくれず、島の北へ向かう道を進んでいった。ポールは、ヴィルジニーが葬られた場所はもちろんのこと、あの子の亡骸が海から引き上げられたかどうかさえ知らされていないはずだ。それなのにどうしてあの竹林の陰で祈りを捧げたのだろうか。私がたずねると、ポールは答えた。

「あそこには本当によく行ったんだ」

ポールは北へと歩きつづけていたが、森の入り口までできたときには、とっぷり日が暮れてしまった。私は自ら食事をとりながら、ポールにも何か食べるようすすめた。食べ終わると私たちは、木の根もとに広がる草地で眠りについた。翌朝、私はポールが引き返す気になるだろうと思っていた。実際、ポールは少しのあいだ平原の向こうに目をやり、長い竹の並木道の先にあるパンプルムスの教会を見つめながら、そちらへ戻るような素振りをした。が、急にくるりと向きを変えると、森のなかに入り、相変わらず北へ北へと歩いていった。私はポールがどこを目指しているのか察して、なんとか気を変えさせようとした。しかし無駄だった。昼頃になって私たちはプードル・ドール地区に到着した。

ポールは海岸へ駈け下りていく。そこはサン・ジェラン号が海の藻屑と消えた場所の真向かいだ。琥珀島《アンブル》、その前には鏡のように静まりかえった海。それを目にしたとたんポールは、

「ヴィルジニー！　いとしいヴィルジニー！」

と叫んで気を失った。ドマングと私は慌てて森のなかへ担ぎ込んで手当てし、やっとのことで正気づかせた。意識を取り戻したポールは、すぐにまた海岸へ下りていこうとする。私は言葉をつくして懇願した。つらい思い出をかき立てて自分の悲しみを、

そして私たちの悲しみをよみがえらせないでほしい。ポールは別の方向へ歩き出した。

それから一週間のあいだ、ポールはかつて幼なじみと行ったことのある場所を、次から次へひとつ残らず訪ね歩いた。ノワール川の女奴隷を赦してもらいに行ったときの小径をたどった。トロワ・マメル山の川のほとり、ヴィルジニーがもう歩けなくなって座りこんでしまったのはここだ。道に迷ってさまよった森。どこへ行ってもいとしい恋人の不安を、楽しげな戯《たわむ》れを、美味しそうに食べていた食事を、やさしい心づかいを思い出す。長尾根の小川。私の粗末な小屋。そのそばに落ちる滝。あの子が植えたパパイヤ。気に入ってよく走り回っていた芝生。歌うときに好んで足を運んだ森のなかの四つ辻。ポールは思い出の場所をひとつひとつ訪れながら、そのたびに涙にくれた。かつては何度となくふたりの歓声をあたりに響かせたこだまも、今では「ヴィルジニー！　いとしいヴィルジニー！」という悲痛な叫びをくり返すだけだった。

この孤独な放浪生活のあいだ、ポールの目は落ちくぼみ、顔色は悪くなり、日一日と衰弱していった。悲しみの感情は、楽しかった過去の思い出によっていっそう強まる。恋慕の情は、孤独によっていっそう高まる。そう考えた私は、ポールを今は亡き恋人の思い出が染みついた場所から遠ざけ、どこか別のことに気が紛れるようなところへ連れていこうと決めた。それがウィリアムズ地区だった。多くの住民がいるその高原には、ポールはまだ一度も足を踏み入れたことはなかった。あのあたりは農業や商業が盛んで、活気にあふれていた。材木を角材に切ったり、板にしたりしている大工の一団がいる。馬車がひっきりなしに往来する。牛や羊の群れが広大な牧場で草を食む。平地にはいくつもの農園が点々と広がる。標高が高く、いたるところでさまざまなヨーロッパの植物が栽培されている。平野には麦畑、林間地には苺畑、道沿いには薔薇の生け垣。ひんやりと冷たい風が神経を引き締めてくれて、白人にも過ごしやすい土地だ。この高原は島の中央に位置し、四方を深い森に囲まれている。そのため海も、ポール・ルイの町も、パンプルムスの教会も、ヴィルジニーの思い出をかき立てるものは何も目に入らない。ポール・ルイのあたりではいくつかの支脈に分かれている山地も、このウィリアムズのあたりからだと見え方がまったく違う。雲間に隠れるほどの尖峰がところどころにそびえる、垂直に切り立った一直線の山並みにしか見えないのだ。

私はこの高原にポールを連れていった。つねに身体を動かしているようにさせ、晴れの日も雨の日も、昼も夜も一緒に歩きまわった。森や開墾地や野原では、わざと道に迷ったりもした。身体の疲労でポールの気分を紛らわせ、見ず知らずの土地に入りこんだり、道に迷ったりした不安で考えを逸らそうとしたのだ。けれども恋する若者はどこへ行っても愛する人の面影を見るものだ。夜であろうと昼であろうと、荒野の静寂であろうと人家の喧騒であろうと、そして思い出の数々を忘却の彼方に運び去る《時間》であろうと、その心から愛する恋人の面影を拭い去ることができるものなど何ひとつない。ちょうど、磁石の針が、どんなに振り回されても、それがおさまれば、すぐにひとつの極へ引き寄せられるのと同じだ。ウィリアムズの高原で道に迷ったとき、私はポールにたずねた。

「これからどこへ向かおうか？」

するとポールは北を向いて答えた。

「あそこに見えてるのは、うちの山だ。あそこへ戻ろう」

ポールの気分を紛らわせようとした試みはすべて無駄だったのだ。こうなっては残された道はひとつしかない。ポールを捉えている悲しみの感情そのものを衝くのだ、私の乏しい理性のすべてを傾けて。私はポールにこう答えた。

「そうだ、あそこに見えるのは、きみの愛するヴィルジニーが暮らしていた山だ。そしてこれをごらん、きみがあの子にあげた肖像だ。あの子はこれを死ぬまでずっと放さず胸に抱きしめていた。最後の瞬間まできみのことを思っていたんだよ」

ポールがかつてココヤシの泉のほとりでヴィルジニーにあげた小さな肖像を、私は差し出した。それを見るポールのまなざしには切ない喜びが浮かんだ。と、衰弱した手でひったくるようにその肖像を取り、唇に押し当てる。ポールの胸に熱いものがこみあげ、血走った目はみるみるうちに涙でいっぱいになる。私は言葉を継いだ。

「いいかい、ポール、よくお聞き。私はきみの友だちだし、ヴィルジニーの友だちだった。きみが将来のことをいろいろ考えていたときには、なにかと話をして、人生でどんな思いがけないことに出合っても対処できるよう教えてあげたつもりだよ。いったいきみは何をそんなに悲しんでいるというのだ。きみ自身の不幸かね？　それともヴィルジニーの不幸かね？

きみ自身の不幸だとすれば、もちろんそれは大きな不幸だ。誰よりも愛らしい人を、誰よりも妻にふさわしい人を失ってしまったのだから。あの子はきみのために自分を犠牲にした。自らの行いとひきかえに求めたたったひとつのものは、財産なんかではなくきみだった。だけど考えてごらん、きみはあの子が純粋な幸福を与えてくれると期待していたけれど、実際にはきみにとって尽きせぬ苦悩の源になったかもしれないんだよ。あの子は何の財産もなく、しかも相続権を取り消されて戻ってきた。これからはきみの働きだけであの子を養っていかなければならない。向こうで受けた教育のために洗練され、向こうで味わった不幸のために芯が強くなって戻ってきたあの子が、きみと労苦をともにしようと一生懸命になりながら、毎日力尽きて倒れるかわいそうな姿を見なければならなかっただろう。もしあの子に子どもができたら、きみたちふたりの苦労はいっそう重くなったはずだ。なにしろ年をとったお母さんたちと、生まれてきた子どもたちの両方を養っていかなければならないのだから。

きみは言うかもしれない、総督が助けてくれるにちがいない、と。だがね、植民地というのは役人の入れ替わりが激しいものだ。ラ・ブルドネ氏のような人ばかりが来るわけではない。へたをすると、品行が悪く道徳心のかけらもない連中がやって来ないともかぎらない。ほんのわずかの援助を求めるために、きみの奥さんがお偉方のご機嫌を取る羽目になるかもしれないよ。そうなればその先はふたつにひとつ。奥さんの意志が弱いためにきみが人から哀れまれる立場になってしまうか、奥さんがしっかりしているために援助をもらえずいつまでも貧乏なままでいるか。美しくて貞淑な奥さんのせいで、援助してもらおうと思っていた人たちからかえって迫害される、などということが幸いにもなければの話だがね。

きみはまたこうも言うかもしれない。自分には財産なんかとは無関係な幸福があったはずだ。自分を慕ってくれるか弱い妻を守ってあげる幸福、ともに心配することで慰め、ともに悲しむことで喜ばせ、お互いの苦労でふたりの愛を深めていくような幸福があったはずだ、とね。もちろん正しい心と真の愛情があれば、どんな苦しさのなかにも喜びを味わうことができる。けれどあの子はもういないんだ。今きみに残されているのはあの子のお母さんときみのお母さん、ヴィルジニーがきみの次にもっとも愛を注いだふたりだ。きみがいつまでも悲しみから立ち直れないでいると、それを苦にしてあのふたりも死んでしまうかもしれない。お母さんたちを支えることを自分の幸福としたまえ。ヴィルジニーがそうしていたように。いいかい、ポール、善い行いというのは、徳と結びついた幸福なんだ。これこそがこの世でもっとも確実で、もっとも大きな幸福なんだよ。快楽、安逸、愉悦、富、名誉、そんなものは、この世を仮の宿とするはかない人間が追い求めるものではない。考えてもごらん、財産を求めてたった一歩踏み出しただけで、われわれは坂を転がり落ちるように不幸のどん底まで突き落とされてしまったではないか。なるほど、きみは反対した。確かにそうだ。けれども誰ひとりとして、ヴィルジニーのフランス行きが最後にはきみたち若いふたりの幸福になる、ということをつゆほども疑っていなかった。年老いた金持ちの大伯母の招き、聡明な総督の勧め、島中の人々の喝采、司祭の訓戒と権威、こういったものがヴィルジニーの不幸を決定づけた。われわれは、自分を導いてくれる者の賢明な言葉にさえ欺《あざむ》かれて、破滅へと突き進むものなのだ。ああいった言葉には耳を傾けるべきではなかった。偽りに満ちた世間が差し出す希望にそそのかされるべきではなかった。それは確かなことだ。しかしごらん、この高原で必死に働いているたくさんの人たち、あるいはインドへひと財産作りに行こうとしている人たち、そうでなければヨーロッパで安閑と暮らしながら、ここにいる人々を働かせて莫大な利益を得ている人たち、その誰もがただひとりの例外もなく、いずれは自分がもっとも大切にしているもの――たとえば地位、財産、妻、子ども、友人といったものだが――を失う運命にある。しかもたいていの者は、かけがえのないものを失う原因となった自分の短慮を、悔恨の念とともに思い出すことになるのだ。だが、ひるがえってきみを見てみると、きみだけは何ひとつ自分を責めるいわれはない。きみはどこまでも信念を曲げなかった。若いころから古《いにしえ》の賢人のような思慮を備えていて、決して自然の感情から離れなかった。きみの意見だけが正しかった。純粋で、素朴で、私利私欲のかけらもなかったからだ。きみにはヴィルジニーに対して、どんな財産にも贖《あがな》えない神聖な権利があったからだ。きみはヴィルジニーを失った。しかしそれは、きみが浅はかだったからではない。欲深かったからではない。思い違いをしていたからではない。それは神の思し召しなのだ。だが神はきみから最愛の恋人を取り上げるにあたっても、その手段としては、ほかの人々の欲しか用いなかった。人間は誰でも、自分の過ちが禍《わざわい》を引き起こすと悔恨と絶望に襲われる。慈悲深い神は、きみがそのような苦しみに陥ることがないよう、深い知恵をもってはからってくれたのだ。

したがって、きみが自分の不幸を悲しんでいるのであれば、《ぼくは不幸になるようなことをしたおぼえはない》と思っていればいいのだ。それともきみが悲しんでいるのはヴィルジニーの不幸だろうか。ヴィルジニーの死、そして死後の状態だろうか。でもね、ポール、あの子は運命に従っただけなのだよ。どんなに高貴な人でも、どんなに美しい人でも、たとえ皇帝でさえも免れえない運命にね。人間の一生というのは、そのあいだに何を企てようとも、結局は死を頂点とする小さな塔を建てるようなものだ。生まれた刹那《せつな》から死ぬことを定められている。あの子が母親たちよりも、そしてきみよりも先に生命の絆を断ったのは、幸せだと言わなければならない。最後まで生き残る者は、親しい人に先立たれるたびごとに、死ぬほどの苦しみを味わうのだから。

いいかね、ポール、死はすべての人間にとっての安らぎなんだよ。それは生と呼ばれる不安な昼のあとに訪れるおだやかな夜だ。人間は生きているあいだはたえず病魔や、苦痛や、煩悶や、恐怖に責め苛まれる。だがそういったものは、死の眠りによって永遠に消え去るのだ。誰よりも幸せそうに見える人たちをよく観察してごらん、その人たちのいわゆる幸福というものが、どれだけ多くのものによって贖われているかわかるはずだ。世間からの尊敬は、家庭を不幸にすることによって得られたもの。地位や財産は、健康をかえりみないことで得られたもの。愛されるという稀有《けう》な喜びは、絶え間ない犠牲を払うことによって得られたもの。そして往々にして、他人の利益のために一生を捧げた挙げ句、いざ死にのぞむ段になって、自分の周囲には偽りの友人や忘恩の肉親しかいないことに気づくのだ。

しかしヴィルジニーは最後の瞬間まで幸福だった。われわれとともに暮らしていたころは、自然の与えてくれる恩恵によって幸福だった。われわれから遠く離れていたころは、美徳の与えてくれる恩恵によって幸福だった。そしてわれわれの目の前で命を落としたあの恐ろしい瞬間でさえ、あの子は幸福だったんだよ。最後に目にしたのが、自分のために悲嘆にくれる島の人たちであったとしても、自分を助けようと命もかえりみずに怒濤に立ち向かうきみであったとしても、あの子は自分がどれだけみんなから愛されているか、はっきりとわかったのだから。ヴィルジニーは汚《けが》れのない一生を送ったことを思い返して、心安らかに来世にのぞんだ。そして天から与えられたのだ、徳ある人のみに与えられる報い、すなわち危険をしのぐほど大きな勇気というものを。あの子は実に穏やかな顔で旅立っていった。

お聞き、ポール。神が徳ある人をあらゆる艱難にさらして耐え忍ばせるのは、そういう人だけが艱難を通して幸福と名誉を築くことができることを示すためなんだ。神が徳の高い者に輝かしい名声を与えようとするときには、その者を特別な舞台に立たせて、死と対峙させる。死と格闘する勇気は世の模範となり、その者が味わった不幸は後世の人々からいつまでも涙の供物を捧げられる。これこそが徳ある人に与えられる不朽の記念碑、一切がはかなく過ぎ去り、あれほどの栄華を誇った国王の記憶さえほとんどは忘却の淵に永遠に沈んでしまうこの地上において、決して朽ちることのない記念碑なのだ。

けれどヴィルジニーは消え去ってしまったわけではないんだ。この世ではすべてがうつりかわるが、なくなってしまうものは何ひとつない。人間の力では、物質のどんな微細なかけらであっても、無にすることはできないんだ。だとしたらどうして魂が消え失せてしまうことがあろう、その魂を包む物質さえ滅びはしないのに。ヴィルジニーはわれわれと一緒にいたときも幸福だったが、今ではもっともっと幸福なんだよ。

いいかい、ポール、神は存在している。そのことは自然のすべてが教えてくれているから、わざわざ証明するまでもあるまい。神という正義を否定するのは悪に染まった心を持った人間だけ、正義を恐れる人間だけだ。神の創造の業《わざ》が目の前にあるように、神の思し召しはきみの心に宿っているのだ。きみは神がヴィルジニーに何の報いも与えないと思うかね。神の偉大な力は、あの子の気高い魂にこの世のものとも思えない美しい肉体を与えた。それほどの愛を注いだ魂であれば、波間から救い上げたはずではないか。人間の現世の幸福を人知を越えた法則によって定めた神は、やはり人知を越えた法則によって、ヴィルジニーに別の幸福を与えるはずではないか。われわれが未だ生まれる前の虚無にあったときには、たとえ考える力を持っていたとしても、とうてい今の人生を想像することなどできなかっただろう。それと同じで、今迷妄《めいもう》の闇のなかではかない生を営んでいるわれわれが、いつか必ずくぐることになる死の門の彼方にあるものを予想することなどできるはずもない。神はその知恵と慈愛を広げる舞台として、はかない人間と同じように、この小さな地球だけを使う必要があるだろうか。自ら創造した人間を殖やすのに、現世という、死で限られたせまい畑しか持ち合わせていなかったのだろうか。大洋の一滴の水のなかにさえ、われわれと大差ない無数の生命が存在しているというのに、頭の上をめぐるおびただしい星のなかには、われわれと関わりのあるものは何ひとつ存在しないのだろうか。神の英知と慈愛が広げられているのはわれわれの住むこの地上だけ、などということはありえない。光り輝く無数の星、そしてそれを取り巻く明るい無限の空には、空虚な広がりと永遠の虚無しかない、などということはありえない。生と死とがせめぎあい、純真と悪虐《あくぎゃく》とがせめぎあうこの地上だけが神の国だなどと思うのは、あまりに傲慢な所業だ。そのように考えるのは、何ひとつ持たない人間の分際《ぶんざい》にもかかわらず、われわれにすべてを与えてくれた神の限りない能力に対して制限を加えることにほかならないからだ。

したがってこの世の外のどこかには、美徳が報いを受ける場所というのが必ずあるんだよ。ヴィルジニーは今そこにいて幸福なんだ。もし天上の住まいからきみに便りをすることができるのなら、別れのときと同じようにこう言うに違いない。

《兄さん、人生っていうのは試練なのね。あたし、みとめられた、自然の掟《おきて》にも、愛の掟にも、徳の掟にも忠実だった、って。あたし、お母さんや大伯母さまの言いつけ通り海を渡った。誓いを守るために富を捨てた。恥ずかしい姿を見られるよりは命を失うほうがましだと考えた。このあたしの一生を、神さまはじゅうぶん義務を果たしたとおみとめになったの。だからあたしにはもう永遠に貧しさもない、悪口もない、嵐もない、ほかの人の苦しみを見ることもない。人間をおびやかす不幸は、これから先は二度とあたしのもとまでやってこないのよ。それなのに兄さんは悲しんでいるのね。あたし、光のかけらみたいになって、いつまでもいつまでも澄み切ったままでいるのよ。それなのに暗い人生に戻ってこいっていうの？　ねえ兄さん、いとしい兄さん、思い出してちょうだい、あの幸せな日々。お日さまが岩山の頂を照らすのと一緒に起きて、朝日を浴びて森のなかを散歩しながら、この世のものとも思えない喜びを味わったわね。なぜだかわからないけど、うっとりとした気持ちになったわね。子どもらしい無邪気なお願いをいろいろしたわ。身体じゅう目になりたい。そうすれば曙を染める色という色を楽しめるから。身体じゅう鼻になりたい。そうすれば草花のよい香りを思うぞんぶん吸い込めるから。身体じゅう耳になりたい。そうすれば鳥たちの歌声をたくさん聞けるから。身体じゅう心臓になりたい。そうすれば目の前に広がる神さまの御業《みわざ》をみんな知ることができるから。でもね、いまあたしがいるのは、美が湧き出してくる源なの。地上にあるここちよいものはみんなここから流れ出すのよ。あたしの魂はもう、不完全な身体の感覚の助けなんかなしに、直接に見たり、味わったり、聞いたり、触ったりしてる。ああ、いったいどんな言葉なら伝えてあげられるかしら、あたしが永遠に住むこの常世《とこよ》の国を。ここでは、神さまの無限のお力や至上の慈愛がお作りになって、不幸な人をなぐさめてくださったすべてのものを、純粋に感じ取ることができるの。同じひとつの至福に包まれてたくさんの人たちと友愛で結ばれたまま、みんなにとっての喜びとなるすべてのものを、純粋に感じ取ることができるの。だからポール、あなたも与えられた試練に耐えて。そしてあたしが今いるところにきて。そうすれば、終わることのない愛と、永遠の婚姻の絆で、あなたのヴィルジニーをもっともっと幸福にしてくれることになるのよ。ここにきてくれたら、あなたのつらい心をいやしてあげる。あなたの涙をぬぐってあげる。ああ、いとしいポール、あたしの夫となるあなた、どうかその心を無限のほうへ高めて、一時の苦しみに耐えてちょうだい》」

私は自分の言葉に胸が詰まって、話をつづけることができなかった。しかしポールは私をじっと見据えたまま叫んだ。

「もういないんだ！　ヴィルジニーはもういないんだよ！」

この悲痛な叫びのあと、ポールは長いあいだ気を失っていた。やがて息を吹き返すと、弱々しく口を開いた。

「死が安らぎで、ヴィルジニーは幸せになってるなら、おれも死にたい。そうすればヴィルジニーに会えるんだ」

こうして、ポールを慰めようとして語ったことも、逆にポールの絶望を深めることにしかならなかった。私のしたことは、川のまんなかで水に沈みかけている友人を助けたいと思いながら、自分では泳ごうとしないのと同じだった。ポールは苦悩の淵に引きずり込まれ、溺れてしまったのだ。若いときの不幸は、人生に乗り出す覚悟をさせるものであるが、ポールがその人生を経験する日はとうとう訪れることはなかった。


私はポールをうちに連れて帰った。マルグリットもラ・トゥール夫人もさらに憔悴していた。とくにマルグリットの衰弱が激しかった。快活な人というのは、ちょっとした苦痛なら平気で受け流すが、大きな悲しみにはなす術《すべ》もなく押しつぶされてしまうものなのだ。

マルグリットは私に言った。

「ねえ、おじさん。わたし昨晩おかしな夢を見たわ。ヴィルジニーが真っ白な服を着て、すてきなお庭の木立のなかにいるの。《あたし、みんながうらやましくなるくらい幸せなのよ》、そんな風に言ってた。それからポールの方へにこにこしながら近づいていってね、あの子を連れて空に舞い上がったのよ。わたし、ポールを引き戻そうと必死だった。でも、そのうちわたしの足まで宙に浮いてね、言いようのない嬉しさに包まれたまま、あの子の後を追ってくみたいな気がしたの。わたし、ラ・トゥールさんにお別れをいわないと、って思った。でもそうしたら、あの人も、それからマリーとドマングも一緒についてくるのよ。だけどいちばん不思議なのは、ラ・トゥールさんもやっぱり昨晩、同じ夢を見たんですって」

私は答えた。

「この世に起こることはみんな神さまがお決めになったことだ、私はそう考えている。だから夢が何か真実を告げていることもあるだろうね」

ラ・トゥール夫人もまったく同じ夢を見たと言って、その話をした。ふたりとも迷信に惑わされるような人ではなかったので、私はこの一致に少なからず驚き、その夢がいずれ実現してしまうのではないかと案じられてならなかった。真実が時として

THOS. WILLIAMS

眠っているあいだに示されるという考えは、世界中のあらゆる民族にある。古代の傑出した人たちでさえ、夢の知らせを信じていた。アレクサンドロス大王[28]、カエサル[29]、スキピオ家[30]の人々、両カトー[31]、ブルートゥス[32]などがそうであるが、いずれも決して無知蒙昧《もうまい》な人ではない。また、新旧約両聖書にも、夢が実現した話は数限りなくある。このことに関しては私の経験に照らしてみるだけでも充分だ。夢はわれわれと関わる何かの霊的存在が与えてくれる予告にちがいない、と思わせられる体験をしたのは、一度や二度のことではない。人間の理性の光ではとうてい捉えることのできないものを、理屈でもって攻撃したり擁護したりしようとしたところで、それはできるはずもないことだ。人間には自分の考えを、ほかの誰にも知られることなく、世界の果てにいる人に伝える手段がある。人間の理性は神の理性の似姿にすぎないのだから、宇宙を統べる英知である神が、人間と同じような方法を用いて自らの意思を伝えるとしても何の不思議もない。ある人が友人を慰めるために手紙を出すと、その手紙はいくつもの国を越え、憎しみ合いぶつかり合う国民のあいだを通って、ただひとりの人に喜びと希望とをもたらす。だとすれば、心清き者を庇護してくれる神が、その神だけを頼みとする正しき魂のもとへ、なにか秘密の道を通って助けにくるのも当然だろう。

神はあらゆる被造物の内に絶えず息づいているのだから、自らの意思を示すために外面的なしるしを用いる必要はないのだ。

なぜ夢を疑うのだろうか。束の間のむなしい企てに満たされた人生そのものが一《いち》場《じょう》の夢でしかないのに。

ともあれ、ふたりの夢はまもなく現実のものとなった。ポールはヴィルジニーの死

28 前三五六〜前三二三。マケドニア王国の王。在位、前三三六〜前三二三年。アレクサンドロス三世とも呼ばれる。遠征軍を率いてペルシャを滅ぼし、インドのパンジャブ地方まで進出。空前の大帝国を建設し、東西文化の融合を図りヘレニズムの下地を作った。

29 前一〇〇〜前四四。共和政ローマ末期の政治家。ギリシア・ローマ文化をヨーロッパ内陸部にまでひろめる基礎を築いた。多くの変革を行ったが、共和政ローマの伝統を破るものとみなされて暗殺された。

30 古代ローマの名家。多くの有能な人材を輩出した。

31 大カトー（前二三四〜前一四九）と、その曽孫の小カトー（前九五〜前四六）。大カトーは共和政ローマ中期の政治家、文筆家。ラテン散文文学の祖といわれ、著書『農業論』は現存するローマ最古の散文作品である。小カトーは共和政ローマ末期の政治家。共和政の伝統を保持するため、ポンペイウスを支持してカエサルと争ったが敗れ、北アフリカで自殺。

から二カ月後にこの世を去った。死ぬ間際までいとしい恋人の名を呼びつづけていた。マルグリットは、悲しみに耐えるという徳を身につけた者だけが味わうことができる喜びを胸に、一週間後に息子の後を追った。最後のときマルグリットは、ラ・トゥール夫人に天国での再会を約束して心をこめて別れを告げると、こうつけ加えた。

「死ぬことはいちばんの幸福だもの、死にたいと思うのは当然のことよ。人生が何かの罰ならば、はやく終わってほしいと望むものだわ。試練ならばできるだけ短いほうがいい」

もう働けなくなったドマングとマリーは、総督に引き取られた。しかしこのふたりも主人たちの死後、長くは生きていなかった。犬のフィデールも、ポールと同じころに老衰で死んだ。

私はラ・トゥール夫人を自分の小屋に連れていった。夫人は信じられないほどの健気さで、うちつづくつらい悲しみを耐え抜いた。最期を看取るまでポールとマルグリットを慰めつづけ、まるでふたりの不幸を一身に担うのを自分の務めと思っているかのようだった。ふたりが世を去っても、近所の親しい友人の話をするように、毎日私にふたりの話をした。しかし夫人も、ふたりの死からわずか一カ月後には息を引き取った。最後まで伯母の罪を憎むことはなく、かえってそれを赦してくれるよう神に祈っていた。伯母はヴィルジニーを無情に追い返したすぐあとで頭がひどくおかしくなった、と聞くと、それも治してくれるよう祈りを捧げたのだった。

あの薄情きわまりない伯母は、自らの冷酷な仕打ちがまねいた報いに、それほど長く苦しむことはなかった。その後船が到着するたびに聞いた話では、伯母は気鬱症[33]にかかり、死ぬにもまさるひどい容体《ようだい》に陥ったとのことだった。姪孫のうら若い命が散り、その後を追って姪も死んだことについて、自責の念に捉えられるかと思うと、家名に泥を塗った品性下劣なふたりを遠くへ追い払ったことを得意げに吹聴する。パリにあふれる貧しい人々を目にしては怒りにかられ、「こんな屑どもは、植民地にでも送ってくたばらせればいいのに！」と叫ぶ。さらには、人類愛とか美徳とか宗教などといったものを誰もが崇《あが》めているが、そんなものは君主が政策上作り出した観念でしかない、とさえ口走る。そうかと思うと今度はまるで反対に、迷信に取り憑かれて激

32　前八五～前四二。共和政ローマ末期の政治家。カエサル暗殺の首謀者。紀元前四四年にカエサルを暗殺した後、アントニウス、オクタビアヌスと戦い、敗れて自殺した。

33　古医学で血液・体液から立ちのぼる毒気によって生じると考えられた神経疾患。

しい恐怖に襲われる。そして慌てて相談相手の裕福な修道者のもとに行き、莫大な寄付を積み上げ、金に糸目はつけないから神の怒りをなだめてほしい、と頼むのだった。不幸な人たちには一銭たりとも恵もうとしなかった財産を、人類の父なる神が喜んで受け取るとでも思っているようだった。ときには、おぞましい亡霊の群れが自分の名前を呼びながら、炎に燃えさかる野原や真っ赤に焼けた山をさまよっているさまをありありと思い浮かべることもあった。伯母は聴罪司祭の足元に身を投げ出し、われとわが身が受ける責め苦を想像して、恐怖におののくのだった。正義の神は、残酷な魂には仮借のない恐るべき姿であらわれてくるものなのだ。

このようにして伯母は、神をないがしろにするかと思えば、ひどく迷信深くなったりしながら、生も死も両方を恐れたまま何年かを過ごした。このあわれな生活の最後にとどめをさしたのは、伯母が人間らしい感情を捨ててまでしがみついたのと同じ欲心だった。自分の死後、大事な財産が日ごろ憎んでいた親戚連中の手に渡ってしまうことに我慢ならなかった伯母は、生きているうちに財産を処分しようと考えた。しかし親戚連中は、伯母の気鬱症の発作を幸いに、精神錯乱者として監禁し、自分たちで財産を管理することにした。財産はその持ち主の心を残酷にしたうえ、その財産を狙う者たちの心も歪めてしまったのだ。伯母はこうやって死んでいった。だが何より不幸なのは、伯母はいまわの際まで気がしっかりしており、自分が無一物になってしまったこと、自分が頼りにしていた人たちからも軽蔑されていることを知りながら死んでいったことだ。

ポールの亡骸は、ヴィルジニーの墓と並べて、竹林の陰に埋められた。そのまわりには、ふたりの母親、そして召使いが葬られた。このささやかな塚には、大理石の墓標も、徳をたたえる碑銘もなかった。しかし、あの人たちの思い出は、日ごろ世話になっていた者すべての心に深く刻まれ、永遠に消えることはない。あの人たちの霊魂は、栄光など望んでいない。そんなものは生前からずっと遠ざけていたのだから。けれども、もしこの地上にまだ心残りがあるとすれば、きっと好んで、勤勉で心正しい人たちが住む藁屋根の下をさまようことだろう。恵まれない運命を嘆く貧しい人たちを慰めることだろう。若い恋人たちの胸に変わることのない愛の炎を、自然の恵みへの愛着を、汗を流して働く喜びを、富への恐怖をはぐくむことだろう。

国王たちの栄光のために立てられた記念碑については何も言わない民衆も、ヴィルジニーの死を永久に伝える名前をこの島のあちこちにつけた。琥珀《アンブル》島のそばの暗礁には《サン・ジェラン水道》。ヴィルジニーを乗せてヨーロッパからやってきたあの船が沈んだ場所だ。ここから一二キロほど離れたところに見えている岬、半ば波をかぶっているあの岬は、サン・ジェラン号が嵐の前日、港に入るために回るはずだったところだが、《不幸岬《マルールー》》と呼ばれている。この谷の先、われわれの前に広がっている湾は《墳墓湾《トンボー》》、ヴィルジニーが半ば砂に埋まった姿で見つかった場所だ。考えてみると、海があの子の亡骸を返そうとしてくれたのかもしれない。汚れを知らないあの子が生前に足を運んだその海岸に、あの子の恥じらいを埋めようとしてくれたのかもしれない。

心からやさしく愛し合った若い恋人たち、そして不幸な母親たち。なんと愛すべき人たちだったことか。ここちよい木陰を作ってくれたあの森も、清らかな水がこんこんと湧き出していたあの泉も、みんなで休んだあの丘も、いまなおあの人たちの死を嘆きつづけている。あの人たちがいなくなってからは、この荒涼とした悲しい土地に鍬《くわ》を入れ、このささやかな小屋を建て直そうという者は誰ひとりいなかった。牝山羊は野生にかえった。果樹園は荒れはてた。小鳥たちはどこかへ去り、今この岩地の空には、輪を描いて飛んでいるハイタカの鋭い叫びしか聞こえない。あの人たちがいなくなってからというもの、私は友を失った男のようなものだ。子に先立たれた父親のようなものだ。誰もいなくなってしまった地上をひとりむなしくさまよう旅人のようなものだ。

＊ ＊ ＊

語り終えると、老人は涙を流しながら立ち去った。この痛ましい物語のあいだ、わたしもまた一度ならず涙を流したのだった。

解説

鈴木雅生

フランス文学史をひもとくと、ただひとつの作品によってのみ、後世までその名前を残す作家を幾人も見出すことができる。『クレーヴの奥方』のラファイエット夫人、『マノン・レスコー』のアベ・プレヴォー、『危険な関係』のラクロ、『アドルフ』のコンスタン……。ベルナルダン・ド・サン＝ピエールもまた、ここに訳出した『ポールとヴィルジニー』一作品によってのみ、フランス文学史のなかにその名が永遠に刻み込まれた作家のひとりといえる。

ベルナルダン・ド・サン＝ピエールの生涯

ジャック＝アンリ・ベルナルダン・ド・サン＝ピエール（以下ベルナルダン）は、一七三七年にフランス北部の港町ル・アーヴルで生まれた。家族は北東部のロレーヌ州の出身で、カレーの名門ユスタッシュ・ド・サン＝ピエールの血筋だと称していたが、確たる証拠はない。幼時から規律とは無縁の自由な教育を受けたこともあり、夢想的であると同時に我が強く激しやすい性格に育つ。

『ロビンソン・クルーソー』に夢中になり、未知の島や未開の国に思いを馳せていたベルナルダンは、幼い頃から海外への渡航を夢見ていたが、それを実現したのは一二歳のときだった。船長をしていた叔父に連れられて、マルチニーク島へ渡ったのである。しかし、過酷な船旅の果てに到着したその地は、少年が夢見ていたものとは異なり、文明社会から隔絶された無人島などではなかった。幻滅を抱えて帰国したベルナルダンは学業に専念する。イエズス会の学校に入り、一時は伝道師を志すこともあったが数学の分野で才能をあらわし、技術系エリートを養成する国立土木学校に入学する。

二二歳で国立土木学校を出ると、軍隊に入り技術士官となるが、癇癖《かんぺき》の強い性格が災いして上官や同僚との衝突を繰り返し、二四歳で軍隊を離れてしまう。ベルナルダンは職を求めてヨーロッパ遍歴の旅に出る。オランダからロシア、ポーランド、オーストリア、ドイツへと、三年あまりにわたって各地を転々とするが、望んでいたような安定した地位は得られない。失意のまま、借金を背負った状態でパリに戻ると、職を求めて有力者たちへ嘆願書をしきりに送るが、その努力もむなしく終わる。ようやく知人の力添えでフランス島（現在のモーリシャス島）で技術大尉の職を得たのは、三〇歳の時である。

フランス島は、マダガスカル島の東方九〇〇キロのインド洋上に浮かぶ島である。絶海の無人島だったこの島を一五九八年にオランダが占領し、当時行われていた独立戦争の指導者ナッサウ伯マウリッツにちなんでマウリティウスと名づけて植民を開始した。しかしオランダの植民は小規模なものにとどまり、一七一〇年には島は放棄された。フランスはその島を占領し「フランス島」と名づける。一七二一年からは本格的な植民がはじまり、黒人奴隷を使ったサトウキビ栽培が行われる。一七三五年に赴任したラ・ブルドネ総督のもとで島は社会的・経済的に飛躍的な発展を遂げ、インド貿易の貨物集散地として中心的役割を果たすようになり、ヨーロッパからの移民も増加した。当初フランス島では東インド会社によって植民地経営が行われていたが、一七六七年にフランス国王による統治へと移行する。ベルナルダンが技術大尉に任命されたのはこの時のことだった。

ベルナルダンの使命は遠征隊の一員となり、マダガスカルのフランス植民地を再建することであったが、遠征隊隊長に反感を抱いたベルナルダンは、フランス島に到着するとマダガスカルへ赴くことを拒否。フランス島へ留まることを軍司令官に願い出て許される。当初の役職から格下げされ、出向扱いの定員外技官として雇われたベルナルダンは、経済的な不如意に加え人間関係でも問題を抱え、島での生活は円滑なものとはいえなかった。技官としての専門にかかわる仕事も少なく、鬱屈した孤独な生活を送りながら、ベルナルダンはこの島の風土や自然の観察へ心を向け、植物学に対する興味を抱くようになっていく。そしてこの体験が、後に進むべき道に決定的な意味を持つことになる。

二年四カ月にわたる滞在を終え一七七一年に帰国してからも、ベルナルダンは相変わらず経済的困窮に苛まれていた。やがてレスピナス嬢が主催する名高い文芸サロンに出入りするようになると、その愛人であったダランベールを通じて啓蒙思想家たちと知り合う。けれどもその交流も長くはつづかない。人間と社会の進歩を理想として掲げ、理神論的傾向を持つ啓蒙思想家たちと、自然のなかに神を認めようとするベルナルダンとでは、思想的にも哲学的にもあまりに隔たりが大きすぎたのだ。しかしこの頃、親友とも師とも呼べるジャン゠ジャック・ルソーと出会ったことは、三〇代半ばになっても未だ自らの生涯の仕事を決めかね、相変わらず不安のうちに日々を送っていたベルナルダンに、精神的にも文学的にも計り知れない影響を与えることになった。ベルナルダン三五歳、ルソー六〇歳、ともに世間からは受け入れられず、孤独を愛する気質から、お互い惹かれ合うものがあったのだろう、ふたりは年齢差を越えた友情によって結ばれ、折に触れては連れ立って長い散歩を楽しみ、あらゆる問題について親密に語り合ったという。

一七七三年、ベルナルダンは、この島での経験を一冊にまとめた。それが、祖国の友人に宛てた書簡という体裁をとった旅行記『フランス島への旅』である。[1] だが華々しい成功を見込んでいたこの処女作は、ほとんど何の反響も呼ばなかった。経済状況は好転せず、失意のなか、以後さらに一〇年ばかりは貧苦を耐え忍ぶ生活がつづく。

ほとんど無名に近かったベルナルダンが世間にその名を知られるようになるのは、ルソーのすすめで着手し一七八四年に発表した三巻からなる『自然の研究』の成功からである。この作品は、自然界のすばらしさを示すことによって、神の存在と、その摂理の妙を証明しようとしたもので、森羅万象がすべて人間の幸福のために作られているという自然観に支えられている。例を挙げると、神は腐敗によって絶えず汚れていく海の水を清めるために火山を作った。土地に養分を与えるために洪水を作った。牝牛はいちどに一匹か二匹の仔牛しか育てないのに、なぜ四つも乳房を持っているかというと、残りの二つの乳房は人間の養分になるよう神が作ったからだ。メロンに何本かの筋が入っているのは、家庭でみんなが分けて食べられるように。シラミがなぜ黒いかといえば、白い肌のうえで見えやすいように神が作ったから。ではどうして神はシラミなどを作ったのか。それは、身のまわりを清潔にするという目的で、金持ちが召使いとして貧しい人々を雇わざるをえないように仕向けるためだ、等々。随所に優れた自然描写があるものの、その論証自体にはとても科学的とはいえない子どもじみたところが多々あって現在ではほとんど読まれていないが、発表当時は熱狂的に受け入れられ、ベルナルダンはたちまち時代の寵児となった。以後この作品は版を重ね、長らく世に埋もれ赤貧にあえいでいたベルナルダンにも、ようやく富と名声に包まれた安楽の日々が訪れる。

1　邦訳は『17・18世紀大旅行記叢書〔第Ⅱ期〕第1巻』（岩波書店、二〇〇二年）所収、ベルナルダン・ド・サン＝ピエール「フランス島への旅」（小井戸光彦訳）。

『自然の研究』は、一七八八年に第三版が刊行される際に、四巻目が新たにつけ加えられた。そこに収められていたのが『ポールとヴィルジニー』である。これが大評判となり、翌一七八九年には『自然の研究』とは別にこの小説が単独で出版される。同年フランス革命勃発により社会は激動の時代に突入するが、ベルナルダンは時の権力と衝突することもなく、ますます高名な文学者そして博物学者として、比較的平穏な後半生を送ることができた。一七九三年に五六歳で二二歳の女性を妻に迎え、彼女が一男一女（名前は当然ポールとヴィルジニー）を残して世を去ると、還暦を過ぎて二〇歳の女性と再婚。社会的には王立植物園の管理官や高等師範学校の教授をつとめ、一七九五年には学士院会員に選ばれる。革命の嵐が収まった後は、『ポールとヴィルジニー』を愛読していたナポレオンの厚遇を受け、一八〇六年にはレジオン・ドヌール勲章を授与される。ベルナルダンは一八一四年というナポレオンの時代も終わろうとする年に、隠栖していたパリ近郊の村エラニーでその生涯を閉じた。

虚構の楽園

南海の孤島を舞台にした無垢な少年と少女の純愛悲恋小説として今日ではベルナル

ダンの代表作となっている『ポールとヴィルジニー』は、当初『自然の研究』の一挿話として発表された。その際の序文でベルナルダンは、この小さな作品で目指したのは「ヨーロッパの地では見られない風土や草木を描き」、「熱帯地方の自然美とある小さな共同体の精神美を融合させる」と同時に、「人間の幸福は自然と美徳に従って生きることにあるという真理」を明らかにすることだ、と述べたあと次のようにつづける。

私は幸福な家族を描き出すために、架空の話を作りあげる必要はなかった。これから話そうとする家族が実際に存在し、その物語の大筋は真実であることを断言できる。それが本当の出来事だということは、フランス島で知り合った何人もの人々から確証をえた。私は些細な細部をいくつか加えただけである。だがその細部というのも直接この目で見たものなのだから、真実であることに変わりはない。

（一七八八年版序文）

もちろんこの言葉は、読者に物語が真実だと思いこませるための策略にすぎない。

たしかに『ポールとヴィルジニー』は実際の事件を下敷きにしている。ベルナルダンがフランス島の土を踏む二四年前、ラ・ブルドネ総督時代の一七四四年に起きた東インド会社の帆船サン・ジェラン号の沈没である。乗員乗客ら合わせて二〇〇人以上を乗せたこの船は、フランス島に到着する直前に、嵐のためではなく操舵のミスによって琥珀島《アンブル》で座礁する。生き残ったのはわずかに九人。しかしこの悲惨な事故においては、ヴィルジニーのモデルとなるような人物はいない。乗船していた何人かの若い女性もこの沈没で命を落としたが、それは羞恥から服を脱ぐのを拒んだためではなく、夜明けとともに助けがやってくると信じて船にとどまっていたためだった。

そもそもサン・ジェラン号が海の藻屑《もくず》と消えたのは八月一八日未明であり、物語に書かれている一二月二四日から二五日にかけての出来事ではない。この変更ももちろん意図的なものだ。作者は沈没をキリスト降誕の日に設定することで、ヴィルジニーの死に象徴的な価値を付与する。肌をあらわにしないよう衣服をおさえたまま「もはや死が避けられないことをさと」って「澄んだ瞳で天を仰」ぐヴィルジニーを聖別し、「空高く舞い上がろうとする天使」に重ね（本書一九三頁）、物語の悲劇的結末の効果を高めるのだ。さらに作者は、ヴィルジニーの死の悲劇を集団的次元にまで広げるため、現実の地名に架空の由来を作りあげる。物語の冒頭部と末尾に出てくる「不幸《マルール》岬」も「墳墓《トンボー》湾」も、実際にはサン・ジェラン号沈没より前からその名がついており、この事故の犠牲者とは何の関係もない。

ベルナルダンが『ポールとヴィルジニー』で描こうとしたものが、「ありのままの真実」ではなくむしろその対極であったことは、フランス島での経験を記した旅行記『フランス島への旅』を一読すれば明らかだ。そこに描かれるフランス島の荒涼たる風景は、ポールとヴィルジニーが住む楽園といかにかけ離れていることか。五カ月におよぶ苛酷な航海のあとにたどり着いた南洋の孤島、ベルナルダンにとってその首都ポール・ルイは「島で最も住み心地の良くない場所に位置」する「大きな村とでも呼ぶ以外にないような町」だった。[2] この島の自然へと目を向けても、甘美なものは何も見出すことはできない。「この地における一切が私にはわがヨーロッパの産物よりはっきり劣っているように見えると申しましょう」。

2　以下『フランス島への旅』の邦訳は、注1の小井戸光彦訳を用いる。ただし文脈に応じて多少の変更を加えたところもある。

人気《ひとけ》のない場所に足を踏み入れてみても、そこに見出されるのは、岩石の立ち並ぶでこぼこした大地と、人を近づけようとしない頂が雲のうえまで達している山々と、深みへと流れ落ちる急流です。風はこの未開の谷間に不気味なうなりを上げています。岩礁に砕け散る波は鈍い音を響かせています。広大な海原は人々の知らない地方までどこまでも広がっています。こうした一切が私を悲嘆に暮れさせ、私の心には追放と遺棄という想念しか思い浮かばないのです。

（『フランス島への旅』第一二の手紙）

ベルナルダンが幻滅を感じるのは、島の風土だけではない。それ以上に嫌悪を抱くのは、島の白人住民に対してである。貿易商や軍の関係者、宣教師、商人、戦闘のつづくインドから逃げてきた破産した連中や、ヨーロッパを追われたいかがわしい連中らが吹き溜まり、雑多な職種と階級の人々がいがみ合いながら荒《すさ》んだ生活を送るこの島では、「悪徳が美点として尊重され」、「廉潔な精神を喜ばせる一切のものに対しての極度の無関心」が支配している。「文学や芸術に対する関心など皆無」であり、「自然な感情までが歪められ」ている。

この植民地社会を支えているのが奴隷制である。一七六六年のある公文書によれば、島の住民はおよその数で白人二〇〇〇人、奴隷一万八〇〇〇人、つまり白人の九倍もの黒人がいたことになる。もちろんベルナルダンのまなざしは、その黒人奴隷たちにも向けられる。奴隷たちは、夜が明けると鞭が三度振られるのを合図にプランテーションに赴き、灼熱の太陽に照らされながらほとんど裸で働く。食物として与えられるのは「すりつぶしたトウモロコシをゆでたものか、キャッサバのパン」だけである。仕事ぶりが少しでも怠慢だと監督に引っ立てられ、鞭で「むき出しの肌を五〇回、あるいは一〇〇回、時には二〇〇回も」打たれる。当然のことながら、奴隷のなかには自分の境遇に耐えられず逃亡する者もいた。すると「軍の分遣隊や黒人、犬まで動員して、彼らの追跡が行われる」。入植者のなかにはこれを野遊びと考えているような者もいて、隠れている逃亡奴隷を「野獣のように再び狩り出しては追い立てる」。捕まえられないと「彼らを鉄砲で撃ち倒し、その首をはね、首を棒の先に掲げて意気揚々と町まで運んで行く」。

私は毎日男たちや女たちが、やれ陶器を壊したの、やれ出入り口を閉め忘れたのといっては鞭打たれるのを見てきた。そして彼らの血まみれの肌に、傷の治療だといっては酢と塩がすり込まれる様も見てきた。また私は港で、あまりの苦痛からうめき声も発せられずにいる彼らも見てきた。……私のペンはこうしたおぞましい光景を書き連ねることに飽いてしまいました。私の眼はそれを見ることに倦み、私の耳はそれを聞くことに疲れてしまいました。

(『フランス島への旅』第一二の手紙)

ベルナルダンはこの旅行記のなかで、黒人たちの実態について生々しい現場の証言を残すとともに、「黒人奴隷制という犯罪」の批判を行っている。しかし、その一五年後に発表された『ポールとヴィルジニー』からは、「奴隷の島」であるフランス島の現実はまったくといっていいほど浮かびあがってこない。主人公たち家族とそれに仕えるふたりの黒人(ドマングとマリー)は信頼と思いやりによって結ばれ、外界から隔てられた山間の盆地にひっそりと暮らす友愛の共同体を形作っている。ポールとヴィルジニーが逃げてきた奴隷の女を助けるエピソード(本書四〇～五七頁)においいても、焦点は困難を乗り越えて「善い行い」をするふたりの心根の優しさを描くことにある。主人のもとに戻った女奴隷が、ヴィルジニーの努力もむなしく結局は赦されず、逃亡の罰として半死半生の目に遭わされたことを聞かされても、少女は「善いことをするのはなんてむずかしいんでしょう」とため息をつく以上のことはしない。主人公たちが疲労のあまり夜の森の中で動けなくなり途方に暮れていると、どこからか友好的な逃亡奴隷の一団があらわれ、女奴隷にしてやった「親切」のお礼にふたりを担いでわが家まで送ってくれる。ヴィルジニーはこの思いがけない幸運を自分たちの善行の報いと捉え、「神さまは善い行いをちゃんと見てくださってるのね」と感動するのだ。ベルナルダン自身は、島の調査旅行をした際には逃亡奴隷の襲撃に備えて武器を片時も離さず、森のなかで道に迷ったとき遠目に灯火が見えたときには、それが逃亡した黒人たちの会合かもしれないという危惧《きぐ》から、いつでもピストルを発射できるよう身構えていたことを思い合わせると[3]、ここに描かれているエピソードの不自然さは拭《ぬぐ》いがたい。

3　『フランス島への旅』第一六の手紙、第一七の手紙参照。

奴隷制の現実を無視した、この無邪気に理想化された博愛主義だけでない。不自然なまでに純粋無垢な主人公たち、十代の子どもたちが交わすにはあまりに美文調で現実味を欠いた会話、延々と続く自然描写、物語の流れを断ち切って長々と展開される議論、『ポールとヴィルジニー』という作品は、一九世紀以降のレアリスム小説が追求する心理的必然性や「本当らしさ」とは無縁の地平で進展する。それはまさに、この物語が「人間の幸福は自然と美徳に従って生きることにあるという真理」を証明するための論証的な小説として構想されたからにほかならない。ベルナルダンのこの自然信仰は、幼少期から自然に親しんでいた作者独自の思想に、人為的な文明社会における人間の堕落を糾弾して自然に帰ることを説いたルソーの影響が加わったものであり、その意味できわめて一八世紀的な流れのなかにある。『ポールとヴィルジニー』は一九世紀的な意味の「小説」ではなく、むしろ古代ギリシア・ローマに遡《さかのぼ》る「牧歌文学」——爛熟した宮廷または都市文明の悪徳が目に余る状態になったとき、その反対の極にある田園の素朴さや、羊飼いたちの無垢でのどかな生き方を美しく歌う文学——の伝統に連なるものといえるだろう。ただ、自然と人間とがほとんど一体となる融合と調和の楽園が描かれるのは物語の前半だけである。後半は、ふたりの子どもが「自然児」（本書八五頁）として暮らす楽園の完全な幸福が「文明」によって瓦解《がかい》していくさまを描きだし、前半と鋭い対照をなしている。パリからの呼び声によって、双子の兄妹のようにむつみ合うふたりは引き裂かれる。それまで悩みというものを知らなかったポールは、知識を身につけることによってさまざまな不安に苛まれる。文明の地フランスで教育を受けたヴィルジニーは羞恥から衣服を脱ぐのを拒んだために、楽園への帰還を果たすことができない。

一九世紀のベストセラー

しかし、この作品が文学作品としての生命を持ったのは、決して哲学的な小説としてではなく、恋愛小説としてであった。一七八八年に『自然の研究』第四巻に発表されるやいなや大きな反響を呼び、政治的激動に揺れる一八世紀末から一九世紀初めにかけてのフランスで、社会現象ともいえる流行となった。一八〇六年版に寄せた作者の序文によれば、ベルトやブレスレットをはじめとした女性用装飾品に『ポールとヴィルジニー』のさまざまな場面が描かれ、多くの親が新しく生まれた子どもに主人公の名をつけた。また、ポールとヴィルジニーの子孫を標榜する人たちが現れるかと思うと、ついには「サン・ジェラン」の親戚を名乗る人物までいたという（「サン・ジェラン」はヴィルジニーを乗せて海に消えた船の名である）。

　作品の人気は一九世紀を通じて衰えることはなく、おびただしい数の版を重ね、ヨーロッパ各国やアメリカでも翻訳された。一七八九年に単独で出版された『ポールとヴィルジニー』にはすでに四枚の挿絵が添えられていたが、一八〇六年の豪華大型本をはじめ、一九世紀には挿絵入りの版がいくつも刊行される。なかでも特筆すべきは一八三八年にキュルメール社から出た版で、大小合わせて三〇〇点以上の木版画が本文を飾り、一九世紀挿絵本の傑作のひとつとされている。本書に収録した二〇点以上の挿絵は、このキュルメール版からとったものである。[4]

『ポールとヴィルジニー』は広汎な読者を獲得しただけではなく、その異国趣味や色彩感覚豊かな自然描写によってフランス文学に新たな境地をもたらし、特にロマン主義の世代に大きな影響を与えた。この書から異国への憧憬を啓示されたシャトーブリアンは、新世界アメリカの大自然を舞台に『アタラ』（一八〇一）を著す。ヨーロッパからやってきた青年がその土地の老人から往時の悲恋物語を聞くという枠物語の構造を含め、この作品には『ポールとヴィルジニー』の影響が濃厚にうかがえる。ジョルジュ・サンドの出世作『アンディアナ』（一八三二）は、四〇歳も年上の夫と愛のない結婚をしてパリに連れてこられたブルボン島（フランス島の隣に位置する島、現レユニオン島）出身の女性が、さまざまな不幸を味わった末に、故郷に戻り幼なじみの従兄の愛を見出すまでを描く物語だが、『ポールとヴィルジニー』から直接発想を得たものであることは明らかだ。

直接の影響は受けていなくても、フィクション中に作品としての『ポールとヴィルジニー』が登場する小説や詩は枚挙にいとまがない。たとえばバルザックの『村の司祭』（一八四一）では、敬虔《けいけん》で慎み深い少女であった女主人公が、版画に惹かれて買ったこの「宿命的な本」によって心を激しくかき乱され、それまで眠っていた情熱と官能がゆっくりと、しかし確実に目覚めていくきっかけとなる。

翌日ヴェロニックがこの本を見せると、助任司祭はそれを買ったことを褒めた。

4　Bernardin de Saint-Pierre, *Paul et Virginie et La Chaumière indienne*, Curmer, 1838. キュルメール版『ポールとヴィルジニー』は、フランス国立図書館の電子図書館サイト、ガリカ（Gallica）で閲覧することができる（http://gallica.bnf.fr/ark:/12148/btv1b8600195c）。

それほど『ポールとヴィルジニー』は、子どもらしく、無邪気で、清純な小説という評判をとっているのだ。けれども熱帯地方の暑熱や風景の美しさが、そして神聖といってもいいほどの愛が見せる子どもっぽいまでの純真さが、ヴェロニックのうちにある変化を引き起こしていた。この小説を書いた優しく高貴な作者に導かれ、「理想」を崇拝するようになったのだ。彼女はポールのような青年を恋人に持つことを夢みた。香しい島で繰り広げられる逸楽に満ちたさまざまな場面を思い浮かべてはいつくしんだ。

（バルザック『村の司祭』）

フロベールの『ボヴァリー夫人』（一八五七）でも同じように、少女時代のエマが「鐘楼よりも高い大木によじのぼって赤い木の実を取ってくれたり、砂浜をはだしで走っては鳥の巣を持ってきてくれるやさしい兄さん」であるポールに、まだ見ぬ恋人へのあこがれを重ねる。詩の分野では、たとえばロートレアモン（『ポエジー』、一八七〇）やフランシス・ジャム（『桜草の喪』、一九〇一）が『ポールとヴィルジニー』の読書体験を自身の試論や詩作品に有機的に取りこんでいる。またボードレールは

「笑いの本質について」と題された評論のなかで、「絶対的な純潔と素朴を完璧に象徴する典型像」としてヴィルジニーを登場させ、パリという毒気をおびた文明のただなかで堕落し無垢を失った彼女が、近代的精神の特徴である悪魔的な笑いを身につけていく姿を描き出す。

一九世紀を通じて他に類を見ないベストセラーであった『ポールとヴィルジニー』は、児童書から人形芝居や寸劇の台本、さらには教科書までさまざまな形で翻案されたが、この物語の改作はそのような匿名的な領域にとどまらず、文学者たちによって手がけられることも稀《まれ》ではなかった。ヴィリエ・ド・リラダンは『残酷物語』（一八八三）に収められた短篇「ヴィルジニーとポール」において純真無垢な少年少女の恋をパロディ化し、初めての逢瀬で現代の少年少女が交わす愛の語らいを描きながら、あどけない牧歌にまで浸透している金銭至上主義・功利主義を皮肉な筆でえぐり出した。コクトーは一九二〇年に、ヴィルジニーのパリ時代を題材にしたオペラ・コミックの台本をラディゲと共作しただけではなく、両親のいない家に閉じこもり外界に歩み出せないまま自滅する姉弟の姿を描いた『恐るべき子供たち』（一九二九）では、姉弟の名前をポールとするとともに、姉エリザベートの夢のなかに『ポールとヴィルジニー』そのものを登場させることで、この内閉的な姉弟の青春が、南海の孤島を舞台にした一八世紀の物語を反転させたものであることを示唆している。

このように直接的・間接的にあまたの文学作品に影響を与えてきた『ポールとヴィルジニー』も、二〇世紀に入りさまざまな文学運動が小説の新たな可能性を探求するようになると、大学を中心とする文学研究の場では、新味のない時代遅れの作品として、顧みられることが次第に少なくなっていく。現代では再評価の機運も高まってきてはいるものの、旧体制《アンシャン・レジーム》期に書かれたこの物語を前に批評家たちの多くは、甘ったるい感傷性、子どもじみた純真さ、月並みな道徳、ご都合主義的な筋立てなどを指摘し、前時代の心性を今に伝える証言としての考古学的興味以上のものを向けようとはしなかった。

しかしそれにもかかわらず『ポールとヴィルジニー』は今日までつねに版を重ね、古典としての生命を保っている。文学作品のなかにはごく稀に、もはやそれを書いた作者から切り離され、生み出された時代からも切り離され、神話のようなものとして集団的意識のなかに刻み込まれているものがある。フランス人にとって『ポールとヴィルジニー』はまさにそういった作品のひとつなのだ。楽園を思わせる自然のなかで兄妹のようにむつみ合って成長する純真無垢な少年少女、やがてお互いの心に芽生える可憐な恋、別離、再会を目前にしたふたりを無惨に引き裂く荒れ狂う海、清らかなまま昇天するヒロイン、世に出てから二世紀以上経った現在でも、この純愛と悲恋の物語は絶えず新たな読者を獲得しつづけている。

日本では大正六年（一九一七年）に生田春月が『海の嘆き ポオルとヸルヂニイ』として翻訳・紹介して以来、この物語は広く読まれてきた。特に第二次世界大戦後にはいくつもの翻訳が出され、さまざまな子ども向け名作全集にも収められた。この作品の博愛主義・理想主義的な傾向が、そして美しい自然のふところで育まれる無垢な愛が、敗戦と経済成長で荒廃していた人々の心に深く染み入ったのだろう。ただ、ある時期まで多くの読者を得ていたこの小説も、一九七〇年代以降は新たな翻訳もなされず、既訳書も今ではいずれも絶版になっている。

しかしだからといって、『ポールとヴィルジニー』が二一世紀の日本の読者にとっ

5 このオペラ・コミックはエリック・サティの作曲で上演される予定であったが、実現を見ぬうちにサティが他界し、その後作曲・上演はなされていない。

て意味を失ってしまったわけではない。むしろ、情報の過剰や不信の連鎖に疲弊《ひへい》している現代だからこそ、この王道ともいえる純愛物語がかえって新鮮に感じられるのではないだろうか。高度に管理化された都市で経済至上主義に翻弄されながら生きることを余儀なくされている現代だからこそ、この作品で描かれる自然と融合して生きる幸福、友愛で結ばれた小さな共同体、素朴な生活の礼讃といったものも、新たな価値を持って立ち現れてくるのではないだろうか。都市文明が爛熟した旧体制《アンシャン・レジーム》末期、自らの目にうつる現実の陰画として『ポールとヴィルジニー』に結晶したベルナルダンのあこがれは、時間も空間も越えて、現代の日本に生きるわれわれのあこがれとも深く響き合っているように思われてならない。

ジャック＝アンリ・ベルナルダン・ド・サン＝ピエール年譜

一七三七年
一月一九日、ル・アーヴルの中産階級の家庭に四人兄弟の長男として生まれる。夢想的で神経質な子ども時代を過ごす。家族のなかで育てられたあと、カーンで神父から教育をうける。『ロビンソン・クルーソー』、聖者伝を愛読する。

一七四四年　七歳
八月一八日未明、フランス島の北東にある琥珀《アンブル》島のそばでサン・ジェラン号が難破する。生存者は九名。

一七四九年　一二歳
叔父が船長をしていた商船で、マルチニーク島への航海。苛酷な船旅と厳しい現実に幻滅して戻ってくる。

一七四九～一七五七年
カーン、次いでルーアンのイエズス会の中学校に入り一時は伝道師を志すが、学校生活に馴染めない。以後生涯にわたって、集団生活への苦手意識と聖職者への嫌悪を抱くことになる。中学の卒業年には数学で賞を獲得する。

一七五六年　一九歳

プロイセンとオーストリアの間で、シュレジエンの領有をめぐって戦争がはじまる（七年戦争、～一七六三年）。フランス・ロシアがオーストリア側、イギリスがプロイセン側についた。

一七五七年　二〇歳
国立土木学校（一七四七年パリに創設された技術系エリート養成のための高等教育機関）に入る。

一七五九年　二二歳
国立土木学校を出て技術士官になる。

一七六〇年　二三歳
七年戦争でのプロイセン遠征に技術士官として参加するが、興奮しやすい性格のため上官と衝突し、任を解かれる。

一七六一年　二四歳
オスマン帝国の脅威が迫るマルタ島で技師の職を得るが、同僚たちと折り合いが悪く、フランスへ帰国。

一七六二～一七六五年
職を求めてヨーロッパを遍歴する。オランダ、ロシア、ポーランド、オーストリア、ドイツを転々とするが、安定した地位は得られない。

一七六五年　二八歳
一一月、無職・貧窮の状態で旅先からパリにもどる。一二月に父が死ぬが、遺産はすべて継母の手に渡る。

一七六六年　二九歳
パリで困窮生活を送る。

一七六七年　三〇歳
七月、フランス島は東インド会社によ

る植民地経営から、フランス国王による統治へと移行する。一一月、ロシアで知り合った駐露フランス大使の口添えでフランス島の技術大尉としての職を得る。だが「フランス島の技術大尉」というのは表向きで、実際はマダガスカルのフランス植民地を再建する使命を密かに帯びた遠征隊の一員だった。

一七六八年　三一歳

二月二〇日、フランス北西部の港ロリアンからカストリ侯爵号で出発。七月一四日、フランス島の海港の町ポール・ルイに到着。遠征隊隊長に反感を抱き、マダガスカルへ赴くことを拒否。フランス島へ留まりたいと軍司令官に願い出て許される。

一七六八～一七七〇年

当初の役職から格下げされ、出向扱いの定員外技官としてフランス島に滞在。経済的にも人間関係の面でも島での生活は円滑とはいえなかったが、地方長官のポワーヴルとは親交を結ぶ。専門にかかわる仕事は少ないため、執筆や植物学に費やす自由な時間ができる。一七六九年八月二六日から九月一三日にかけて、徒歩による島内一周旅行。

一七七〇年　三三歳

一一月九日、フランス島を後にし、帰国の途につく。

一七七一年　三四歳

六月初め、フランスに帰国。経済的な

困窮がつづく。レスピナス嬢の文芸サロンに出入りするようになり、ダランベールをはじめ啓蒙思想家たちとの交際がはじまる。

一七七二年　三五歳

五月、二五歳年上のルソーと相知り、親交を結ぶ。

一七七三年　三六歳

旅行記『フランス島への旅』刊行。しかしこの処女作はほとんど売れず、経済状況は好転しない。以後さらに一〇年ばかり貧苦に耐えなければならない。

一七七八年　四一歳

七月、ルソー死去。

一七八一〜一七八三年

貧困のなか、『自然の研究』の著述に没頭。自然界のすばらしさのなかに神の摂理を認めることを目的とするこの作品は、一七八三年一二月に完成する。

一七八四年　四七歳

六月、『自然の研究』三巻を刊行。これが成功をおさめ、一躍文名を高める。以後この作品は版を重ね、ようやく富と名声と安楽を手にする。

一七八八年　五一歳

『自然の研究』第三版にあたって、四巻目を追加。この巻に収められた一挿話『ポールとヴィルジニー』が大評判となり、一世を風靡する。翌年、この小説は『自然の研究』とは別に単独で出版される。

一七八九年　五二歳

随想録『ある孤独者の願い』刊行。フランス革命がはじまる。

一七九〇年　五三歳
小説『インドの藁小屋』刊行。

一七九二年　五五歳
七月、ルイ一六世により王立植物園の管理官に任命され、付属動物園をつくる。九月、国民公会に選出されるが、その任を固辞する。

一七九三年　五六歳
一月、ルイ一六世がギロチンで処刑される。六月、植物園が自然史博物館として再編成されるのに伴い失職。一〇月、出版社社主の娘で二二歳のフェリシテ・ディドと結婚。パリの南に位置するエソンヌに居を構える。翌年には娘が生まれ、ヴィルジニーと名づける。五年後に生まれる息子の名前はポール。

一七九四年　五七歳
国民公会によってこの年に設立された高等師範学校の倫理学教授に任命される。

一七九五年　五八歳
五月、高等師範学校の閉校に伴い失職するが、学士院会員に選ばれる（高等師範学校は一八〇八年三月にナポレオンによって再び設立される）。

一七九九年　六二歳
妻フェリシテ死去。

一八〇〇年　六三歳
二〇歳のデジレ・ド・ペルポールと再婚。年の差は四三歳。

一八〇二年　六五歳
息子ベルナルダンが誕生するが、二年後に死亡。ジョセフ・ボナパルトやルイ・ボナパルト（ナポレオンの兄弟）と旧知の仲だったこともあり、『ポールとヴィルジニー』を愛読していたナポレオンの厚遇をうける。

一八〇三年　六六歳
アカデミー・フランセーズ会員に選出。

一八〇六年　六九歳
『ポールとヴィルジニー』豪華大型本がディド社より刊行。この版には著名な画家たちによる六枚の挿絵がついていた。レジオン・ドヌール勲章をうける。

一八一〇年　七三歳
フランス島が上陸したイギリスの大軍によって占領される。一八一四年にはイギリス領となり、島の名が「モーリシャス島」とされたが、住民にはフランス統治時代の民法や慣習を保持することが認められた。

一八一四年　七七歳
一月二一日、隠栖していたエラニーで死去。

一八一五年
ベルナルダンの弟子だったエメ・マルタンが遺稿を整理し、『自然の研究』の続編として『自然の調和』三巻を編纂。

一八一八〜一八二〇年
エメ・マルタンが恩師の全集を編纂。

訳者あとがき

なぜ今さら『ポールとヴィルジニー』なんかを？

この作品を翻訳しているあいだ、何人もの知り合いから不思議がられた。フランス文学史では、異国趣味や熱帯の自然描写によって次の世紀のロマン主義に大きな影響を与えた作品として必ず挙げられるものの、実際に頁をめくってみると、南の島のエキゾチックな風景、幼なじみの少年少女の牧歌的恋愛、引き裂かれるふたり、再会を目前にして海の藻屑と消える少女を乗せた船……、純愛悲恋ものとしてはあまりに月並みなストーリーだ。何の新味もない。現代に生きるわれわれは、バルザックやフロベール、ゾラをはじめ、近代小説の金字塔とも呼べる作品を生み出した大作家が綺羅《きら》星《ほし》のように名を連ねる一九世紀を知っている。プルーストを筆頭にさまざまな作家がそれぞれのやり方で文学の地平線を押し広げることを試みた二〇世紀を知っている。それなのになぜ今あえて『ポールとヴィルジニー』なんかを訳すのか、しかも一八世紀はまったくの専門外なのに？

翻訳心をそそられる作品としてどのようなものがあるか、と光文社翻訳編集部の方から尋ねられたときに『ポールとヴィルジニー』を挙げたのは、いくつか理由がある。もちろん昔読んでその美しさが印象に残っていたからでもあるし、これほど有名な作品が長らく絶版になっていて、ほとんど読まれていない現状をかねてから残念に思っていたからでもある。だが一番の理由は、これまで中心に研究してきた作家、ル・クレジオと関わりのある作品だったからだ。

二〇〇八年のノーベル文学賞を受賞したル・クレジオは名実ともに現代フランスを代表する作家であるが、そのルーツは『ポールとヴィルジニー』の舞台モーリシャス島（かつてのフランス島）にある。六代前の先祖がフランス革命期にブルターニュからフランス島に移住したのだ。一族は新たな土地で繁栄するが、二〇世紀初頭、祖父の代で相続をめぐって分裂し、作家の直接の先祖にあたる一家は慣れ親しんだ生家を追われ離散することになる。ル・クレジオには『黄金探索者』（一九八五）、『隔離の島』（一九九五）、『はじまりの時』（二〇〇三）など、父祖の地モーリシャス島を舞台にした一族の叙事詩とも呼べる作品群があり、特に『黄金探索者』の主人公が両親と姉と過ごす幼少期の楽園の描写には『ポールとヴィルジニー』のふたつの家族が暮らす盆地が重ねられている。ル・クレジオの原風景ともいえるモーリシャス島をもっと知りたい、という思いに背中を押され、無謀を承知で旧体制《アンシャン・レジーム》末期に書かれたこの作品に挑戦することにしたのだった。

本書の翻訳に取りかかった当初は、戸惑うことも少なくなかった。日ごろ読むことの少ない一八世紀のフランス語であることも理由のひとつだが、やはりこの作品が現代のわれわれが当たり前としているレアリスムや合理性とは異なる原理に導かれている点が大きい。何かというとすぐに「神の思し召し」や「美徳」を口にするのにもなかなか慣れることができなかった。しかし、一見すると子どもじみた牧歌的恋愛小説に見えるこの作品が、実は同時代に対する厭悪に裏打ちされた激しい社会批判と表裏一体の関係にあり、作者の哲学的思想を語るためにつづられた物語であることがわかるにつれて、当初の違和感は消えていった。自然と社会の対立という大きなスケールのなかで展開する「死によって永遠化される純愛」の主旋律に改めて心動かされると同時に、色彩豊かに描き出される自然が主人公たちの心象風景そのものであること、作品中のフランス島は作者の願望が結晶した「虚構の楽園」にすぎないこと、老人の語る言葉には作者自身の声がこだましていることをはじめ、かつて読んだ際には気づかなかったさまざまなものが見えてきた。ル・クレジオとの関係で訳すことに決めた作品ではあったが、いつしかこの『ポールとヴィルジニー』という二〇〇年以上前に書かれた小説自体の美しさ、奥深さに魅せられていった。時の風化作用に耐えて読み継がれてきた「古典」が持つ力を今更のように再確認せずにはいられない。ベルナルダンは老人の口を通して「自分の著作が世紀から世紀へ、国から国へ伝わ」る幸福を思い描いていたが（本書一六六頁）、その夢が叶ったことはこの作品自体が雄弁に物語っている。

翻訳にあたってまず直面したのは、語り手である老人の口調をどのようにするか、という問題だった。手元にある既訳書（岩波文庫、市民文庫、新潮文庫、旺文社文庫）はいずれも「です・ます」調をとっている。しかし、聞き手（ヨーロッパからフランス島にやってきた青年）を意識した敬体よりも、常体によってほとんど独白に近い語り口にすることで、過去の記憶に沈潜する老人の主体的な思い入れがかえって滲み出ると考えた。ポールとヴィルジニーの会話については、十代の若者の言葉として違和感のないものにすることを心がけた。特にポールに関しては、サン・ジェラン号の悲劇の際には一八歳になっていることを考慮し、物語の進行に応じて口調を変化させることで、少年期から青年期への移行を浮き彫りにしようと試みた。これらの企てが果たして訳者の意図したような効果をあげられているか、お読みになった方のご判断に委ねるしかない。

本書の底本としたのはジャン＝ミシェル・ラコーによる批評校訂版（Bernardin de Saint-Pierre, *Paul et Virginie*, présentation, notes et variantes par Jean-Michel Racault, Le Livre de Poche, 1999）である。ただ日本語としての読みやすさを考え、長すぎる段落に関しては適宜改行を加えたうえ、学生向け古典叢書「プチ・クラシック・ボルダス」版を元にしつつ、場面の切れ目には空白行を挿入した。翻訳に際しては既訳書も参考にしたが、特に熱帯特有の動植物名の訳語に関しては、小井戸光彦訳のベルナルダン・ド・サン＝ピエール『フランス島への旅』（岩波書店、二〇〇二）に教えられるところが多かった。底本とした版以外にもさまざまな版を手元に置いてできる限り注や解説を参照したが、思いがけない誤訳や誤読があるかもしれない。心ある読者のご叱責とご教示を願うばかりである。

本書刊行にあたっては、多くの方のお世話になった。翻訳の機縁を作ってくださったのは、東京大学の野崎歓先生である。学習院大学の野村正人先生には、『ポールとヴィルジニー』の挿絵本についていろいろと教えていただいた。また、光文社翻訳編集部の今野哲男さんと小都一郎さんは企画から刊行まであらゆる面でサポートしてくださった。その他、本書の出版を支えてくださった方々すべてに心から感謝を捧げたい。

二〇一四年五月

鈴木雅生

kobunsha classics
光文社古典新訳文庫

ポールとヴィルジニー

著者 ベルナルダン・ド・サン=ピエール
訳者 鈴木雅夫《すずきまさお》

2014年7月20日 初版第1刷発行
2025年7月30日 第4刷発行

発行者 三宅貴久
印刷 大日本印刷
製本 大日本製本

発行所 株式会社光文社
〒112-8011東京都文京区音羽1-16-6
電話 03(5395)8162(編集部)
03(5395)8116(書籍販売部)
03(5395)8125(制作部)
www.kobunsha.com

KOBUNSHA

落丁本・乱丁本は制作部へご連絡くだされば、お取り替えいたします。
ISBN978-4-334-75294-1 Printed in Japan

組版 新藤慶昌堂

いま、息をしている言葉で、もういちど古典を

長い年月をかけて世界中で読み継がれてきたのが古典です。奥の深い味わいある作品ばかりがそろっており、この「古典の森」に分け入ることは人生のもっとも大きな喜びであることに異論のある人はいないはずです。しかしながら、こんなに豊饒で魅力に満ちた古典を、なぜわたしたちはこれほどまで疎んじてきたのでしょうか。

ひとつには古臭い教養主義からの逃走だったのかもしれません。真面目に文学や思想を論じることは、ある種の権威化であるという思いから、その呪縛から逃れるために、教養そのものを否定しすぎてしまったのではないでしょうか。

いま、時代は大きな転換期を迎えています。まれに見るスピードで歴史が動いていくのを多くの人々が実感していると思います。

こんな時わたしたちを支え、導いてくれるものが古典なのです。「いま、息をしている言葉で」――光文社の古典新訳文庫は、さまよえる現代人の心の奥底まで届くような言葉で、古典を現代に蘇らせることを意図して創刊されました。気取らず、自由に、心の赴くままに、気軽に手に取って楽しめる古典作品を、新訳という光のもとに読者に届けていくこと。それがこの文庫の使命だとわたしたちは考えています。

このシリーズについてのご意見、ご感想、ご要望をハガキ、手紙、メール等で翻訳編集部までお寄せください。今後の企画の参考にさせていただきます。
メール　info@kotensinyaku.jp